Leaves Publishing

根

以讀者爲其根本

莖

用生活來做支撐

葉

引發思考或功用

果

獲取效益或趣味

菓子

性福試用包

海洛茵◎著

紫薇CRAPE MYRTLE

性福試用包

作　　者：海洛茵
出 版 者：葉子出版股份有限公司
發 行 人：宋宏智
總 編 輯：賴筱彌
企劃編輯：王佩君
美術設計：呂慧美
地　　址：台北市新生南路三段88號7樓之3
電　　話：(02)23635748　傳　真：(02)23660310
E-mail：leaves@ycrc.com.tw
網　　址：http://www.ycrc.com.tw
郵撥帳號：19735365　戶　名：葉忠賢
印　　刷：鼎易印刷事業股份有限公司
法律顧問：北辰著作權事務所
初版一刷：2003年 11 月　定　價：新台幣 200 元
I S B N：986-7609-08-5

總 經 銷：揚智文化事業股份有限公司
地　　址：台北市新生南路三段88號5樓之6
電　　話：(02)23660309
傳　　真：(02)23660310

性福試用包／海洛茵著. --初版. --臺北市
：葉子，2003〔民92〕
面：　公分 --（紫薇）

ISBN 986-7609-08-5（平裝）

857.63　　92012477

※本書如有缺頁、破損、裝訂錯誤，請寄回更換

自序

我是個喜歡問「爲什麼」的人，腦袋裡裝滿了機器運轉過度產生的廢料。很多年以後，我才知道，不去問「爲什麼」的人，是比較幸福的。

當這個城市閃爍光明如不夜之城，聲色犬馬、燈紅酒綠處處皆聞，情與慾再也不願忍氣吞聲，靈與肉也已經不肯同聲共氣，我那吃飽撐著的腦袋又開始運作，想問、想說、想對每一顆渾渾噩噩的腦袋大吼：

「爲什麼？」

爲什麼我們總是被迫和靈魂沒有交集的伴侶躺在同一張床上？爲什麼我們不能迷戀一個人的大腿同時欣賞她的腦袋？爲什麼我們明明靠在對方的肩膀上，心裡卻仍覺得空盪溢？爲什麼激情總是一閃即逝，隔天醒來愛意盡失？爲什麼機會總是稍縱即逝，把握不住卻又患得患失？爲什麼壞男人老是圖謀不軌，達陣以後隨即「有事先走」？爲什麼好女人又喜歡惺惺作態，等到緊要關頭才來潑你冷水？

愛情是什麼？慾望又是什麼？爲什麼我們情海浮沉了這麼多年，卻依然靠不了岸？依然還是這麼ㄋㄠ、這麼傻、這麼要賤不賤的？

爲什麼我總是在問「爲什麼」？

這是一本爲One Night Stand找個好理由（或是好藉口）的書，如果你已經是VIP級會員或是久病成良醫的累犯，這本書也許可以讓你重新解構情慾，體驗另類高潮。

如果你沒嘗試過甚至沒聽說過ONS這個鬼玩意兒，這本書也許可以觸動你某部分的心弦，讓你和慾望的麻煩保持距離，以策安全。

一夜情是性與靈的追逐；一夜情是男人和女人的角力；一夜情是人和自己慾念的拔河，重點不在於誰對誰錯、誰輸誰贏、誰得到好下場、誰躲在夜裡哭……，我只想知道一夜情之所以存在的意義，只想知道，爲什麼？

謹將這數萬個不甚美麗但具備誠意的文字獻曝於世。不管它們是被你灼熱的目光穿透或是以萬分無聊的呵欠作結，那都將證明：一夜情，不只是一夜。

性福試用包 IV

目錄

V 目錄
contents

目錄

VII 目錄
contents

一夜情是愛情的仿冒品

高傑是我從小到大的好朋友，也因此，我從小到大都沒交過女朋友。

高傑人長得帥，有言承旭的身材加上梁朝偉的電眼，每一個我想追的女孩子，只要一見到站在我旁邊的高傑，就自動把我當成了空氣，而每一個高傑看上的女孩子，見到了站在高傑旁邊的我，只會更加毫不猶豫的投入高傑的懷抱，「情人眼裡出西施」這句話，從來沒有在我身上應驗過。

雖然高傑帥得讓人嫉妒，但是身爲他的好朋友，我敢指天發誓，我對他完全沒有一點嫉妒之心。相反的，我崇拜他，也佩服他。如果奧運有「床上運動」這一項，他肯定能出國比賽、得冠軍、拿金牌，讓世人見識到什麼是東方的「金鼎電池」和「電動馬達」。

高傑的第一次經驗是和國中的英文老師，沒有什麼特別印象，只記得哥倫布發現新大陸的喜悅。談過幾段戀愛，當兵時接到女朋友的喜帖，哭了三天三夜，從此洗心革面，立志遊戲人間，曾經同時周旋在頂頭上司的女兒和情婦之間，二十五歲生日正好是他完成「千人斬」的紀念日。

高傑常說：「上帝賜他這一張臉，就是註定了要他『把』遍天下無敵手，如果一天不泡妞，豈不等於違背了上帝的旨意？」因此他泡妞和打靶一樣，講求「快、狠、準」三個原則——到手要快，分手要狠，射精要準，沒有一個女人能用眼淚和孩子來綁住這個浪子。

我問過高傑：「像你這樣一天換一個女人累不累？」

他回答我：「一天不換一個女人，那才是眞的累。你要記得每一樣她不愛吃的東西，送過的禮物不可以再重複，忘了她的生日她會哀怨地好像自己是個寡婦，過了十年她還會問你第一次見面時她身上穿的是哪一件衣服。」高傑嘆了口氣，繼續說：「一對一的戀愛像是坐在法國餐廳裡吃套餐，還沒吃到主菜你就已經無聊得想打哈欠，無論好的壞的你都得接受，就算對方已經從林青霞變成了沈殿霞，你爲了保持風度，也要吃完甜點才能離開。我比較習慣吃路邊攤，邊走邊吃，無拘無束，上一秒鐘吃刨冰，下一秒你已經在吃炸雞，唯一的負擔是重口味容易攝取過量味精，唯一的麻煩是美食主義會令你不小心吸收太多的卡路里。」

「但是你這樣亂吃一通，吃壞自己身體就算了，浪費了那些吃不完的食物小心報應！」

「我就是怕浪費食物，所以才不花時間去談情說愛。挑食物就像選對象，有的女人是鼎泰豐的小籠包，你一大早到門口排隊還不一定吃得到，咬了一口就非得整個吃完，這種昂貴的食物我不敢領教，我喜歡的女人至少要大方地像塊披薩，弱水三千，我只取一瓢，香噴噴熱呼呼還有外送服務，大家你情我願，到床上轟轟烈烈，明朝揮手再見，還沒走出房門就已經忘了你是誰。」

「這樣的遊戲究竟有什麼意思？你一玩再玩難道不會玩膩？」我問。

高傑沉吟了一會兒，他說：「就好像談戀愛一樣，你就算談了一百次戀愛，也都還會想再談第一百零一次，雖然有時候覺得談戀愛紅綠不分，像個色盲，沒什麼意思，但是心裡卻清楚知道不談戀愛會更沒意思，人生一片黑白，只差沒變成瞎子。」

「別把一夜情和愛情相提並論！我雖然沒談過戀愛但是也知道，愛情是兩個靈魂的交集，一夜情只是兩隻動物在交配！」

我越說越氣憤，覺得高傑的理論侮辱了我神聖的愛情。

高傑望著我，臉上的表情虔誠得像個傳教士，正在引導我這隻迷途的羔羊回家。

「你有沒有看過忠孝東路上面地攤賣的LV皮包？」

我點點頭，那些仿冒品唯妙唯肖，跟真的一樣，是亞洲地區隨處可見的特色之一。

「你知道那些賣仿冒品的攤販，他們一天的營業額比敦南SOGO裡頭的專櫃還高，這證明了人人得不到，又人人都想要，所以退而求其次，買不起正品買贗品，反正你可以自我安慰只有內行人看得出來兩者之間的差別。」

「可是你又不是買不起正品，爲什麼要買仿冒品？」

「我曾經買過百貨公司裡的正品，卻發現那只是自己的虛榮心作祟，再好的東西也有賞味期限，日子久了一樣會凋謝，那是我負擔不起的奢侈，不如仿冒品四處唾手可得，又不會花費你太多的力氣，你只要睜大眼睛，注意英文有沒有拼錯，仔細檢查是眞皮還是塑膠，問問老闆產地在韓國還是大陸，他會拍著胸脯向你保證，這比A級還要A級，和眞的完全一模一樣，唯一的差別是價錢，那一刻你怎麼想也想不通，搞不懂世界上爲什麼還會有那麼多堅持買正品的傻瓜。」

聽到這裡，我這個傻瓜終於明白，高傑之所以身經百戰，沉迷於一夜情，是因爲一夜情汲取了愛情最甜美的精華，是愛情特A級的仿冒品。

除了擔心被人揭發之外，你還有什麼理由能拒絕它？

夜夜上演一夜情

美國性學家莎麗．海特說：「這年頭沒人約會，大家都直接上床。」

錄音帶的時代已經過去了，現在大家都用CD，輕輕鬆鬆按下幾個鍵，就可以快轉到最喜歡的一首歌，直接到達最精華的片段，不必浪費時間跑壘。空虛的愛情，是轉個不停的錄音帶，越轉越傷磁頭，不如速戰速決的一夜情。

人之所以追求名牌，是因為它是身分的象徵、品質的保證，如果可以不用花那麼多的錢就能買到同等的尊嚴，怎麼能不叫人趨之若鶩？如果能不用付出那麼多就能得到愛情的感覺，我們又為什麼不能心安理得的享受一夜的幸福？

即使我們心裡明明知道，正品與贗品的那一點點差別，咫尺其實是天涯，但是愛情令人迷惘，我們根本不願分清是非真假。

一夜情便宜、方便、實際，沒有愛情的婆媽、拖拉，不會吵吵鬧鬧，也用不著要死要活。身邊躺著一個人，你可以慶幸自己一把年紀了還有人愛；懷裡抱著一個人，令你覺得自己歷經風霜卻還良心未泯，仍然是那個會為愛情吟詩作對的慘綠少年，腦海裡仍會閃過初戀情人跑掉時，你站在新光三越樓頂萬念俱灰想與世訣別的畫面。

我們不敢談戀愛，是因為不知道愛情什麼時候會過期，太多的期待令人失望，太多的失望叫人不敢再期待，而一夜情的期限只有一夜，標示清楚明天就過期，有了心理準備，人們才能表現得勇敢一點。

一夜情ONS方塊書

有人問：「是什麼讓人保持對另一半的忠貞？」

男人回答：「是道德。」

女人回答：「是耐性。」

而一夜情則是人們的道德和耐性皆不夠充足所產生的結果。

一夜情是性福的試用包

這個禮拜台北天氣悶得令人發慌，高傑恨不得我死後去地獄裡陪他，遊說我也嚐嚐一夜情的滋味，到PUB四處替我找美眉。

「拜託，我好歹也是個堂堂正正的中華民國青年，熟讀禮義廉恥，背過四書五經，看過《生命中不能承受之輕》，小學畢業時還得到市長獎，怎麼可以隨隨便便把做愛當成遊戲？」我義正嚴辭的抗議。

「那跟禮義廉恥有什麼關係？一夜情只是好男好女一見鍾情自然發生的關係，你不要告訴我你看見漂亮的女人不會想解開她襯衫的釦子，不會想摸一摸她的皮膚是不是真的滑得像豆腐，不會想試試她的腿是否長得可以纏住你圓滾滾的大屁股，不會想把她當成一本《大英百科全書》，一頁一頁的打開來仔仔細細慢慢研究？」

「我是個正常的男人，我當然會想，不過按照正常程序，這些不是應該要等到交往一段日子之後才做的嗎？」

「你就是太正常，所以才會連一段正常的感情都得不到。如果按照正常程序，不管你戶口裡有多少錢，你都只會在一間大銀行裡排隊等著叫號碼，等到髮蒼蒼視茫茫，你前面都還排著長長的一條龍，好不容易終於輪到你，不是銀行職員已經要下班，就是你體力已經不濟需要吃威而剛。相信我，愛情根本沒有所謂的正常程序。」

「那至少也要辦一些什麼手續吧！」我強詞奪理，不肯承認高傑的話說中了我的死穴。

「當然，一夜情就是第一道手續。超過一半以上的離異夫婦都導因於性生活不美滿，一夜情正是減低這種機率的預防針。」

此時我的意志已是瀕臨崩潰的河堤，高傑繼續乘勝追擊：「每個女人都有兩種版本，精裝版和平裝版，他們表面上漂亮的像白雪公主，卸了妝之後卻只不過是櫻桃小丸子。北一女畢業的高材生，到了床上可能會變成低能兒，你搬出渾身解數，她只希望你行動快速，還提醒你要小心不要弄花了她臉上費了三小時化的妝。

每個男人也都有兩種版本，正版和盜版。表面上我們衣冠楚楚，私底下全都飢腸轆轆，嘴巴上揚言非波霸奶茶不追，檯面下我們連西米露都肯妥協。上床前我們是正人君子，上床後我們個個是拚命三郎，年輕時都崇拜過「人肉叉燒包」裡的黃秋生，睡著了還會夢見自己在瑪丹娜身上滴蠟油，早上起床第一件事通常是到浴室裡洗內褲。

沒有嘗試過，你怎麼知道對方是不是性冷感或性無能，喜歡用的是手銬還是皮鞭。愛情不是AE卡，七天之內不滿意還可以退貨，你一旦拆了封，便要負責到底。即使我佛慈悲把禮物送到你家門前，你也要小心天下掉下來的禮物裡面可能藏有劇毒，不信你去問問那

個收到禮物的大人物就知道了！」

我回想起我過去的經歷，高中時暗戀班上的班花，她的座位在我隔壁，經常跟我借筆記，於是我鼓起勇氣，在筆記的最後一頁約她這個週末一起去看「第六感生死戀」，之後我倆走在西門町，人聲鼎沸我卻還聽得見自己「撲通、撲通」的心跳聲，聞著她的髮香我憋住氣才能不輕舉妄動，漆黑的電影院裡我卻連她的手都不敢碰一下，只是一直低頭吃我的爆米花，送她回家的路上，兩人一句話也沒有講，我的腦袋裡一片空白，連ABCD都擠不出來，揮手再見的那一刻，她臉上好像寫著一絲淡淡的哀怨。隔天她和其他同學換了座位，我們再也沒有交談的機會，幾個禮拜之後，她紅著眼睛跑來找我，說她肚子裡有了孩子，問我放學之後可不可以陪她去附近的診所。

我的初戀還沒開始就已經畫下句點，規規矩矩的下場是死得不明不白，全世界的好女孩都已經被那些登徒子騙光光了，我的眞命天女到底在哪裡？

「想要追求愛情，你得先試試一夜情。」彷彿看穿了我的心事，高傑信心滿滿對我催眠：「就像有些品牌總會把洗髮精的試用包塞到你家信箱，你用了覺得好用再來決定買不買。沒有先試試看，你不會知道到底哪一個牌子比較好，可能因此而錯過更適合自己的東西，萬一把一大瓶洗髮精買回家後才發現和廣告上說的不一樣，那些錢不是花得太冤枉了嗎？」

「你的意思是說爲了別走冤枉路，我們應該把握機會各各重點擊破，這樣就算上錯了車，事後也不必補票？」

「BINGO！完全正確！」

高傑舉起酒杯慶祝我的恍然大悟，而我好像突然變成了一個闖進地球的外星人，無意間發現這個落後了幾千億光年的星球上居然存在著這麼符合人性的科技產品，叫做「試用包」。

四分之一的乳霜

能夠讓人保持青春美麗的，只有性愛和化妝品。這兩者的本質是一樣的，無非都只是自己騙自己。

花了大把銀子買回來的除紋霜，和費了很多功夫才追到手的愛情一樣，能夠在你身上看得見的效果，實在少得可憐。

只是如果不花這麼多金錢保養，不花這麼多時間追求，你又永遠都不知道結果會怎麼樣。

青春一去不復返，我們承擔不起這個不知道結果的代價。

於是，聰明的商人發明了試用包，口說無憑，客人可以親身體驗，多了這個額外的福利，消費者買得安心，商人們也賺得開心。

至於終身幸福這麼重要的事，當然也要先試用，從以前的試婚到現在的同居，不都是一種試用期？只是為了跟上捷運的步調，試用不再是一段期限，而只限於一夜，雙方加緊腳步，直接跳到重點，在愛上對方的靈魂之前，先試驗兩個軀殼能不能相容，是不是如膠似漆？有沒有欲仙欲死？好用來斷定會不會白頭到老。

承認吧！男人為了要騙女人上床，是什麼不要臉的理由都說得出的。

一夜情是性福的試用包，含有四分之一的乳霜，聽起來彷彿是一種滋潤乾涸青春的萬靈丹。

一夜情ONS方塊書

試用愛情是你的權利，只是別忘了試用包最後的下場，往往是用過即棄，沒有抱怨的權利，只能獨自在垃圾桶裡哭泣。

一夜情是冬天的賓士鍋

這個禮拜大陸冷氣團南下，台北的氣溫低於十度以下。不過天寒地凍並不能澆熄我們心裡的那把慾火，高傑履行上個禮拜的承諾，帶我去安和路上的一家夜店把妹。

一進到店裡，我不禁懷疑是不是全台北的Model都聚集在這裡，高傑深吸一口氣，像大白鯊聞到了血腥的氣味，興奮的說：「我終於找到了生存的意義。」

「你的口氣聽起來很聖修伯里！」

「聖修伯里？」高傑問。

「聖修伯里是《小王子》的作者，他在書中提到，『你在玫瑰花上所花的時間，使你的玫瑰變得重要。』那朵玫瑰就是你的慾望，你在上面投注了太多的心力，使你已經被它馴養。」

「被慾望馴養總比被恐龍包養好。」高傑笑著說：「如果你現在死了，墓誌銘上想要寫些什麼？」

「寫……寫我是一個好人，一個沒「那個」過的好人。」

「這就對了，你的問題就是太在意別人怎麼看你，覺得你是好人還是壞人，所以你吃完東西總不忘擦嘴巴，拾金不昧事後才來捶心肝，看到女孩子只會臉紅不敢牽她手，你做的每一件事，都在違背你內心的意志，爲的只是死後躺在地下腐爛時，別人會尊稱你一聲好人。而我根本不在乎死後人家會不會把我當好人，只要活著的時候大家都叫我情人。」

「難道好人就不可以當情人了嗎？我只知道人跟青菜蘿蔔一樣，可以難看不可以爛。我不對慾望投降是因爲我相信緣分，我不向寂寞低頭是因爲我等待愛情。」我反擊道。

「哈！慾望和愛情有什麼不同？就和先有雞還是先有蛋的道理是一樣的，兩者互爲因果，男人是因爲看到一個女孩會勃起，所以腦袋裡才產生了愛的訊息，愛和慾根本是同一種東西！」

高傑指著站在我們對面的三個女孩，她們身高至少有一七〇，腿長得連蕭薔都會自卑，彎腰時隱約可以看見裡頭的低脊心胸罩，襯托出完美C cup。左邊的女孩笑容甜美長得像梁詠琪，站在中間的冶艷動人感覺像舒淇，右邊的女孩氣質大方讓人聯想到章子怡，「如果要你從三個美女中選一個，你會選哪一個？」高傑問我。

我呆了半晌，說不出答案，畢竟我還是凡夫俗子，畢竟我只是血肉之軀，畢竟我情竇初開，畢竟我心胸寬大，畢竟一個禮拜有七天，畢竟狡兔可以有三窟……天哪！我竟然三個都想要！

「看吧！你以爲愛情很崇高，沒想到慾望比愛情來得更快更容易。」高傑看穿了我的猶豫，繼續說服我加入「衣冠禽獸俱樂部」，他說：「你所謂的愛情像白開水，表面純淨透明，實際上裡面卻含有致命的污染，在沙漠裡它像是一杯甘泉，到了綠洲你就會開始覺得

它無味，看著別人喝可樂汽水柳橙汁，而你的手裡一成不變還是一杯白開水，這就是愛情，開始很甜後來很『嫌』，根本不符合人的本性。眞正能滿足人性需要的不是愛情而是一夜情，不需要專一只要貴婦、主婦、蕩婦三合一，就像吃火鍋時把鍋子分成三等份，清湯、麻辣、泡菜三種口味同時吃得到。一夜情就是冬天的賓士鍋，份量不變卻有多重享受，溫暖你的胃也滿足你的口，讓你隨時都能保持好胃口。你想想，哪一個男人不渴望小龍女的脫俗，任盈盈的深情，黃蓉的聰慧，趙敏的率性？但是有哪個女人可以一應俱全，集十八般武藝於一身的？你尋尋覓覓的結果只會冷冷清清，就算被你找到了，那個女人不是已經當了人家的媽，就是男朋友的名字剛好叫做珊曼莎。所以，一夜情幫助你圓夢，讓你從每個對象身上拼湊出完美情人，讓你不再挑三揀四，不再吹毛求疵，讓你變得寬容偉大，全身細胞充滿了『慈濟精神』，一夜情實現了『天涯何處無芳草』的神話！」

高傑越說越激昂，我連忙噓他提醒他不要這麼大聲，在大庭廣眾下高呼「一夜情萬歲」，還會有誰願意和你發生一夜情呢？

這時，對面的三個女生正朝著我們這裡看，她們竊竊私語巧笑倩兮，從她們的眼神我知道我又變成了空氣，而這個有異性沒人性的高傑好像也忘了我們來這裡的目的，頓時變成了一塊大磁鐵，只顧著迎向召喚他下半身的吸引力。

他拿起喝了一半的酒，朝那三個女生的方向走去，經過她們身邊時，「不小心」把他的賓士SLK的車鑰匙掉在梁詠琪的腳邊。

十分鐘以後，高傑摟著三位美女，無視於PUB所有的男士（包括我在內）都想要向他射飛鏢的嘴臉，大搖大擺的走出了店門口，臨走時，他朝我的方向使了個曖昧的眼色。台北的獵人現在要出征，不曉得今晚又有多少無辜婦女要找逃生門，我不禁懷疑這朵玫瑰如此重要，眞的只是因爲我們花在玫瑰花上面的時間嗎？

三合一的一夜情

男人很容易對女人有意思，這點男人、女人都明白。

對一個女人有意思，是浪漫；對兩個以上的女人有意思，就成了遺憾，因為最後的結局，他勢必得放棄其中一個。

一夜情正好填滿了這個缺憾，兩個人不談戀愛只上床，鶯鶯燕燕兩情相悅，大家一起喝個醉，事過境遷誰都沒有罪。

連火鍋都可以三合一了，愛情為什麼不能三合一？

一夜情結合了愛情、慾望、快感，滿足都會男女重口味的感官世界，只是這樣子混著吃，吃多了，舌頭是會失去味覺的。

一夜情ONS方塊書

男人最希望聽到女人說什麼？

答案是：「我想要。」

那麼，男人最害怕聽到女人說什麼？

是「我不要」嗎？

不，有經驗的男人會告訴你，他們最怕聽到的是「我還要」。

一夜情是夏天的四色冰

這個禮拜氣溫回升，台北的天氣又變回以往的潮濕悶熱，我一遇到高傑，劈頭就問他：「後來怎麼樣？」

「我們走出PUB，三個美女提議去遠企開房間，所以我們就在三十七樓的總統套房裡……

……」

「玩4P。」我替他接下去說。

「不，我們四個人正好湊一桌打麻將。」

「什麼？」我懷疑我的耳朵有沒有問題，「你和三個火山美女在一個晚上八萬塊，還要加一成服務費的總統套房裡打麻將，你以為你是王永慶還是唐三藏！」

「打麻將只是前奏，真正的好戲還在後頭。我們打的是衛生麻將，不賭錢輸了也不必撕破臉，規則是只要胡牌，就可以要求放槍給你的人身上任何一樣東西，不管是衣服或香吻。當然，如果自摸的話，其他三家就必須一人給你一樣東西。」

我聽了目瞪口呆，從來不知道麻將可以這麼好玩。

「我出師不利，一開始連連放炮，輸到全身只剩下一件內褲，我假借尿遁溜去廁所把內褲反穿，之後開始反敗爲勝，屢戰屢胡。半個小時以後，我恢復西裝筆挺，她們三個衣衫不整，身上只剩下胸罩和內褲。」

我嚥了嚥口水，覺得褲子突然縮水。

「接著我胡了一把大三元，放槍的是我對家。」

「結果呢？你要她脫上面還是下面？」

「我望著她的眼神，清純得像個十六歲少女，就算是賓拉登見了她也會放下武器，我說妹妹你快加件衣服小心著涼，她卻說願賭服輸，要殺要剮悉聽尊便。」

「於是你就順水推舟把她脫個精光！」我搶著說。

「於是我只要求她脫下小指頭上的戒指。」高傑白了我一眼。

「她不敢相信感動得撲進你的懷裡，謝謝你的不殺之恩，還說像你這樣的男人已經絕種，接著你只要負責躺著享受，得來全不費工夫，甚至不用自己動手脫衣服。」這一招叫做「以退為進」，全天下的男人都用過。

「不，她聽了之後一點也不感動，只是乖乖的摘下左手的尾戒，我本來以為她會把戒指交到我手上，沒想到她卻把它放進自己的Downtown，笑著說有種你自己過來拿！」

天哪！她還有沒有姊姊或妹妹？

「其他兩個Model在一旁看她表演，她們看我的眼神好像已經三天沒吃飯，我感覺自己變成了一條蒸魚，爐子底下有把火在燒，桌邊坐著三個老饕拿著刀叉虎視眈眈，竊竊私語討論著要從哪個部位下手，我不記得後來發生了什麼事，只覺得我的上半身像一隻拉布拉多，徜徉在雪花般又柔又軟的舒潔裡；下半身卻像跑馬地的賽馬，奔馳在又濕又暖的草地上。十六歲少女原來會十六種姿勢，我的耳邊迴盪著伍佰有一首歌歌名叫做『衝衝衝』。」

上帝啊！請你也讓我嚐嚐當一隻狗或馬的滋味吧！要不然，把我變成一條躺在桌上的死魚也好。

「不過，我最難忘的部分不是這裡。」高傑說。

「還有什麼能比這個更難忘，難不成她們三個狼吞虎嚥之後還拍你屁股對你喊安可？」

「喊個屁！她們三個早就體力不支不省人事，房間裡只剩一片杯盤狼藉屍橫遍野，我用最快的速度逃離現場躲進浴室裡泡澡，在偌大的浴缸裡，我突然想起了小時候，我最喜歡在夏天回外婆家，因爲外婆家門口有一個賣四色冰的小販，每次只要我玩得滿身大汗，他就會請我吃一碗四色冰，那一口冰吃進嘴裡，暑氣全消，四種滋味同時在嘴巴裡散開，比吃Haggen-Dazs還過癮！而我這個時候的感覺，通體舒暢，滿足得不得了，就好像……好像剛剛嗑了一大碗四色冰一樣……」

高傑的眼神寫滿了懷念，只是他懷念的究竟是童年還是那夜？

我該如何相信，在遠東大飯店的總統套房裡，一夜情也能有古早味？

嘿！來碗四色冰吧！

約翰・亞迪克曾說：「追逐的感覺對男人而言，是生命的重心。」

男人追逐事業、追逐愛情、追逐成就，也追逐歲月，他們什麼都想得到，卻不知道自己為什麼要得到，志在參加，而非結果。

因此，男人的胃口也特別的好，連孔子都說「食色性也」，追求美食和美女是男人亙古不變的天性，也是他們與生俱來的使命，美食給了他們心理上的慰藉，美女則給了他們生理上的滿足。

男人對待美女和美食一樣，講求功能和口感。食物最要緊的就是對身體有益，延年益壽、

一夜情是 27
夏天的四色冰

滋陰補腎、消暑解熱的東西再貴也有一大票人在門口排隊，先講求營養之後才講究口感，男人對美味的定義不是「好吃」，而是「豐富」，他們口味多變重質也重量，誰叫男人們喜歡追逐不同的東西呢？

炎炎夏日，來上一碗四色冰是多麼消暑愜意的事，它比冰棒更多層次，比冰淇淋更透心涼，從喉嚨直下你的胃腸，那種感覺是那麼的神奇美妙卻又理所當然，四色冰澆熄了你的慾火，也解放了你的飢渴，滿足了你的慾望。

沒有膽固醇的壓力，只有類固醇的爆發力。

一夜情ONS方塊書

驢子騷的時候是跳跳跳，
馬兒騷的時候是叫叫叫，
男人騷的時候是翹翹翹，
女人騷的時候是要要要，
再騷一點，就是像你現在這樣，
對著書本笑笑笑！

一夜情是貴婦人的搖頭丸

這個禮拜台北的天氣晴時多雲，高傑沉寂了幾天，在網路上認識了一名「貴婦人」，約他今晚到薇閣的秘密花園開雙人派對。

「你應該帶把刀防身，我不想在明天的電視新聞上看到你。」我好心建議他。

「不用擔心，我的手機可以錄音，如果有三長兩短，我還準備了針孔攝影機。」

高傑秀了秀他的新裝備，像名片匣一樣輕薄短小。

「這個『貴婦人』是什麼來頭？」

「不知道，我今天早上才在Yahoo遇到她。」

「你早上才認識她，她就約你晚上去開房間？」

「這有什麼稀奇？因為她的寂寞沒人懂，而我的魅力無法擋！」高傑一臉自得：「所謂的貴婦人，其實全都是被關在家裡的棄婦。她每天打扮得雍容華貴，完全不明白人間疾苦，出入乘坐的不是賓士就是BMW，家裡的浴室比你家的客廳還大，一個月的Shopping費是你我年薪的兩倍，所有的僕人和狗對她都是必恭必敬，丈夫對她的態度永遠客氣，脫光衣服仍然保持距離，做愛時說的是德文或捷克文，更大的可能是已經彈庫空虛，老到不行。貴婦人的性生活永遠只停留在三級貧戶的程度，唯一的娛樂是參加公益活動和賣二手衣，沒有人知道她會唱歌跳舞還會表演黃色笑話，沒有人知道她天天練瑜珈，必要時可以把腳放到頭頂上。將心比心，如果你餐餐吃魚翅燕窩，你也會想念我家牛排，如果你每天的生活只有買衣服和做頭髮，你也會想找點百貨公司大減價以外的刺激，如果你的世界只有遠企和凱悅，你會想知道什麼是Naomi以及Room18，如果你每天吃的都是維他命，你也會想放縱自己來顆搖頭丸，當身體的節奏響起，你不用再對每一個人謙虛有禮的說『嗨』，只要放鬆身體盡情奔放的去High。」

「你想到的都只是光明面，有沒有想過網路是個虛構的世界。她的代號叫做『貴婦人』，不代表她就是個貨眞價實的『貴婦人』，就算她眞的是個『貴婦人』，說不定一身名牌底下，其實是個人老珠黃的木乃伊，她堅持關燈，是因爲不想讓你看到她的臉像一隻拉皮手術失敗的沙皮狗，她叫喘吁吁，是因爲上了年紀心臟缺乏力氣，上床前她撲在你身上像吃了搖頭丸，完事後她推開你連忙吞兩顆高血壓藥丸。你以爲她是一顆白煮蛋，雖然沒有味道但有營養，値得細細品嚐；她卻把你當成一塊血淋淋的牛排，狼吞虎嚥吃不完還會要求打包。想想看，這樣的歐巴桑値得你爲她浪費幾千萬隻精蟲嗎？」

「說得好！」高傑爲我的話鼓掌，「所以……我要去拆穿她的假面具！」

顯然，我的長篇大論並沒有讓高傑動搖，第二天我在社會版裡沒有見到高傑，所以約了他下午在Starbucks見面，高傑一改他平時吊兒郎當的習性，臉上寫著憂國憂民的表情，我問他昨晚是否盡興，他反問我人生爲什麼要有

這麼多的不幸，我摸摸他的額頭，不冷不燙，沒有發燒。

高傑說：「我到了的時候，她已經在房間裡等我，穿著Chanel的新款春裝，一派大家閨秀的氣質，有一點年紀但肌膚仍保持彈性，長期運動使得她身材仍像個六年級，我迫不及待的解開她的鈕扣，然後，我呆在那裡……。」

「因爲她的胸部有三十四D，而且沒有穿Bra。」我迅速的接口。

「不是，是因爲她頸子以下滿是瘀青和血痕，像是一件被刮花了的青銅器！我替她搓揉那些瘀痕，小心翼翼不把她弄痛，她笑說你以後打老婆，記得下手不要這麼重，接著她抱住我，像艘帆船找到了避風港，從此我們之間沒有年齡，沒有距離，只想一起抵擋外面的暴風雨，只想一起狂歡作樂到天明。」

「她長得怎麼樣？」

「我沒有看到。」

「什麼？你和她……那個了，卻還不知道她的長相！」

「她說我可能在媒體上見過她和她老公，所以堅持戴著墨鏡和口罩，我根本看不見她的眞面目。」

「連你們在床上喊叫時她也戴著？」

「連我們結束後洗澡時她也戴著。」

「出來玩還記得給老公留面子，眞是個大家閨秀！」我諷刺的說，心裡卻浮起了一個蒼白的面孔，白天笑臉迎人，表現得中規中矩，夜晚卻忍受著丈夫的拳打腳踢，發脾氣的原因可能只是因爲他自己不舉，表面上看起來錦衣玉食，滿屋子鈔票吸引旁人羨慕的眼光，實際上卻連一個訴苦的對象都沒有，滿肚子委屈只能抱著枕頭高唱「心事誰人知」。

我想著報章雜誌上的那些名人，想著他們十幾萬的衣服底下可能有十幾道傷口，想著教堂裡信誓旦旦的諾言，想著臥房中不爲人知的暴力。我輕聲對高傑說：

「你有沒有問她老公是不是搞政治的？」

準備好要High了嗎？

會去吸毒的只有一種人——不想做自己的人。

現實生活沉重得令人想逃，有時候你只想換一個名字，換一種身分，展現一下不同的自己，找尋久違的快樂。

一夜情就和吸毒一樣，讓你快樂讓你High，讓你飄飄似神仙，不必在乎我是誰，它們的副作用是後悔或上癮，隨時都有致命的危險。

一夜情是就像一次失去理智的刷卡，帳單上的數字會高得讓你笑不出來，往後好長一段時間都要背負著這個債，但是在刷卡的那一刻，你會很High！

雲端底下往往是一片荒蕪，一時的放縱可能換來一生的追悔，一夜的激情有可能會失去一生的幸福，每件事都有它的價值，每種選擇也勢必付出等值的代價，你真的準備好要High了嗎？

一夜情ONS方塊書

男人只能在下面情況時打女人：
睡夢中轉身打到——沒辦法；
伸懶腰時打——不是故意的；
打電動裡的女人——為了破關；
妳打我、我打妳——打情罵俏；
二個人激烈互打——兩小無猜。
男人打女人是要分輕重的：
輕拍——愛人；
一巴掌過去——爛人；
一個拳頭過去——敗類；
用腳踹——人渣；
拿武器亂打——禽獸；
有致命的危險——禽獸不如。

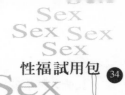

一夜情是大老闆的充電器

這個禮拜一連下了好幾天雨，我也一連加了好幾天班，星期五下班以後，我約了高傑去公司附近新開的餐廳吃飯，吃完飯才發現我的手機忘在公司，於是我和高傑回公司去拿。

晚上的公司漆黑一片，同事已經走光，只有經理室的燈還亮著，我繞過去想打聲招呼，沒想到經理室的門沒關，我站在門口，看見總經理領口敞開半躺在椅子上，秘書珍妮整個人捲曲的桌子底下，手腳並用但顯然不是在找東西。

A片的畫面活生生出現在我眼前，主角竟然是我老闆，我不知所措，環顧四周開始找地洞。

幸好高傑反應得快，他親暱的握住我的手，身體緊貼著我的背，一邊關上總經理室的房門一邊用娘娘腔的聲音說：「對不起，我們走錯房間了。」

離開了兇案現場，我失控的對高傑咆哮：「這下好了！我的老闆以為我是Gay。」

「這也沒辦法，誰叫你當了目擊證人！如果他不爽，隨時會殺人滅口要你走路，你讓他以為你是Gay，他會覺得你也有把柄在他手裡，不但不會對你趕盡殺絕，反而會因為互相保守對方的秘密，跟你產生革命情感，這樣不是很好嗎？」

「這算哪門子的革命情感，根本就是狼狽為奸！」

「你怎麼說都好，反正這都是為了你著想，我雖然不認識你老闆，但是我了解他是如何辛苦的在偽裝。他從小到大都是個乖乖牌，父母的命令從來不曾違抗，每學期操行都得甲，還曾經在司令台上帶領全校的小朋友做早操，建中畢業後考進台大，台大畢業後去美國讀MBA，別人交女朋友他在圖書館裡唸英文，別人開Party他躲在房間寫論文，好不容易拿到了博士學位，回國已經三十歲，相親認識了現在的老婆，結婚時還請了馬英九證婚，不知道為什麼，他卻覺得自己好像從來沒有瘋狂戀愛過。

如今當上了總經理，他底下率領著一群廣告界奇葩，當中隨時有人準備取代自己的位置，多年的經驗使他應付客戶易如反掌，對待員工他也懂得喜怒不形於色，若是你在重大會議裡弄散了整疊投影片，他既不會皺眉也不會罵你，只會提醒你下次最好準備Powerpoint，過年的紅包你會發現自己比別人少了兩百塊。如果你的作品贏得客戶的喜愛，他不拍手也不誇你，只會在經過你面前時，拍拍你的肩膀說了句Good job，隔天你換了一間辦公室，名片上的職稱少了一個Vice。

他的生活是每個男人的夢想，老婆長得像關之琳，兒子今年剛上一年級，每一件襯衫的口袋都有Boss標記，西裝外套永遠是最新的一季，家裡的郵遞區號是106，下班後的娛樂是高爾夫，一年出國的次數和我們唱KTV的次數一樣多，渡假的地點有陽光有海灘，但絕對不是東南亞。」

「這就對啦！他擁有男人夢想的一切，為什麼還要出軌？」

「這個問題你應該去問柯林頓！他們並不是存心出軌，只是肉體需要充電，他們從雲端上俯視市井小民的愛情，難免也會動了凡心，也會想要一段蚵仔煎和麵線的關係。正因爲他們掌控一切，所以才更渴望挑戰極限，一夜情是個刺激的遊戲，證明他們的權力無遠弗屆，發洩完一身獸性，他們的感覺像是擁有全世界。」

「聽起來很有道理，但我不是三歲小孩，不會被你冠冕堂皇的說詞騙倒，我知道充電的方式有很多，不是非要一夜情不可。」

「對啊！所以你老闆和秘書在辦公室裡亂搞只是個小Case，我還知道有些有頭有臉的人物，私底下其實是個吃人不眨眼的色情狂，不只喜歡摸女同事的大腿，喝醉酒還會舔同性的耳朵，三不五時到凱悅開房間，上千萬的賓士車裡還能找到用過的保險套……」

高傑複誦著八卦雜誌的內容，越說越誇張，一

陣涼意從我腳底竄起，我想起了他先前從背後緊貼著我的溫度。

生命中的新能量

一個大老闆語重心長的說：「小時候把一次吃上三十個包子當作人生理想時，我覺得很幸福；當年收入達到千萬之後，我卻再也感覺不到那種幸福，當事業、愛情、家庭、金錢什麼都不缺的時候，人們經常還缺一樣東西——就是飢餓的感覺。保有底線的慾望是幸福的。」

當一個人什麼都有的時候，反而是最空虛的時候，因為他沒有了前進的動力。

一夜情就像個充電器，那一點點的快感與罪惡感，正好蔓延全身，為你枯萎的生命帶來了新的能量，如同你站在一座荒島上，發現了裡面有金礦，黑暗已久的生命，頓時大放光亮。

一夜情ONS方塊書

經濟不景氣，但是酒店裡卻仍然夜夜笙歌，一位大老闆到酒店裡消費，經過一整晚狂歡，大老闆對身旁的小姐產生了興趣，想進一步邀請她一起過夜，於是就偷偷塞給她一千塊錢，問她可不可以一同去開房間。

這名小姐看了看那張一千元鈔票，對大老闆冷冷的說：「我不是這種人！」

大老闆心想，可能一千元太少了，所以又加了一千元。

小姐把這兩千元放進口袋，表情柔和了起來，嬌滴滴的說：「我現在是你的人！」

大老闆覺得很好奇，不知道如果再加一千元會怎麼樣？於是又再給了小姐一千元。

小姐一共拿到了三千元，整個人都趴到了大老闆身上，在他耳邊說：「別當我是人！」

大老闆覺得這個小姐實在太有趣了，決定再給一千元，看她會有什麼反應。

小姐收下了鈔票，馬上解開上衣的釦子，抱著大老闆很嗲的說：「你們有幾個人？」

一夜情是情傷的麻醉劑

這個禮拜台北陽光普照，我和老闆建立了革命情感，星期一立刻升職又加薪，之後我接到一通電話，我多年不見的國中同學上來台北，問今晚可不可以借住我家。

「這剛好是發生一夜情的大好機會！」高傑在一旁搧風點火。

「別想歪了，我跟她從小一起長大，一起上學一起翹課，一起考試一起作弊，一起去偷鄰居家種的蓮霧，一起跑給禿頭的教官追，一起計畫五年以後要去搶銀行，和她在一起我自在得可以在她面前挖鼻孔，她對我來說已經像是一個親人，若是對她有非分之想，感覺會是像在亂倫。」

「這樣不是更好，亂倫的罪惡感會使你們的一夜情更加刺激，你們男未婚，女未嫁，又有多年的感情做基礎，很多情人都是從朋友演變而來的，你為什麼不給自己一個機會，敞開心胸迎接愛情的魔力？」

「萬一她拒絕了，把我當成一個大色魔，我豈不得不償失？」

「她都肯住你家了，就表示對這一夜也有所期待，你只要保持立場，循序漸進，保證萬無一失。看在好朋友的份上，我現在傳授你幾招，你豎起耳朵聽好：

第一招叫做美男計，你特意在她面前作伏地挺身，展現你健美的手臂，記得一面做一面喘氣，讓汗水流遍你全身，散發你的男人味。」

「但是我連做十下伏地挺身都有困難，而且流汗時會有狐臭。」

高傑一副恨鐵不成鋼的表情，嘆了口氣繼續說：「如果健美的風格行不通，那你只好改走雅痞路線，穿上你最貴的名牌西裝和皮鞋，講話不時夾雜英文，每一句話後面都加上『Understand?』書架上擺滿奧修和高行健，偶爾吟兩句唐詩宋詞或周杰倫的歌詞，每隔五分鐘扶一下你的金邊眼鏡，把手機的鈴聲設定成莫札特，知識就是力量，她一定會瘋狂的愛上你。」

「但是我最貴的西裝只有兩千五，英文只記得介係詞。」早知道知識可以追到女朋友，我應該讀博士！

「沒關係，還有第三招，這一招叫做記憶拼圖。你拿出國中時的舊相片，和她趴在床上一頁一頁的翻，照片中的你們青梅竹馬，兩小無猜，你和她一面聊著往事一面互訴近況，趁著燈光美氣氛佳，你播開她額頭上的瀏海，說你這輩子最遺憾的事，就是當時沒追她。」

「不行不行，這一招太老套了，像在演八點檔，我一定會笑場。」

「那你就試試下一招，這一招雖然很多人都用過，但是每次用每次都有效。你事先在餐桌上擺滿瓶瓶罐罐，告訴她你得了癌症，壽命只剩下三個月，唯一的心願就是希望她能夠愛你，就算只有一天都好。」

「這樣太賤了！萬一日後她發現眞相，我們連朋友都做不成。」

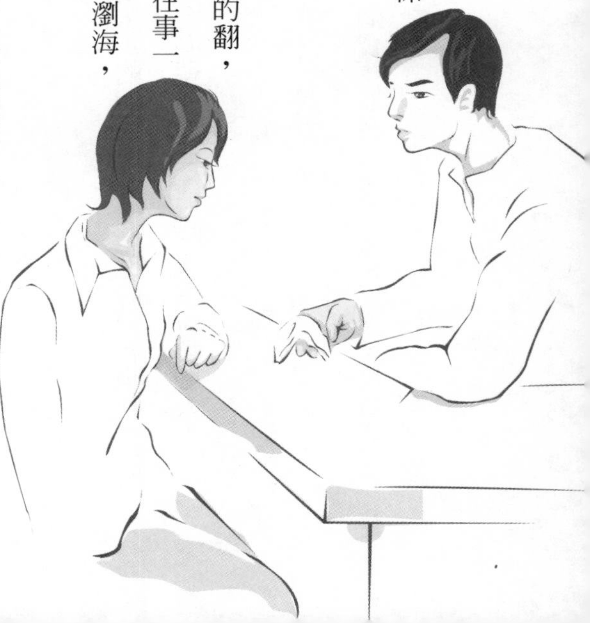

「那就告訴她你爸爸得了癌症，只剩下三個月的壽命，唯一的遺憾是還沒抱孫子，問她願不願意幫你這個忙，就當是日行一善，完成老人家的心願。」

「呸呸呸！男子漢大丈夫有所爲有所不爲，我怎麼能因爲一己私慾，詛咒我老爸老媽下地獄？」

「那你只剩下最後一條路可走……」

「是什麼？」

「告訴她你失戀了，對方有了外遇，對你始亂終棄，走的時候還帶走了你的錢和小狗，接著哭倒在她懷裡，你的臉正好貼著她胸部，她於心不忍把你抱住，一時天雷勾動地火，台北市今晚一定會地震。」

「這個苦肉計聽起來很妙！」我喜上眉梢，「但是結束以後呢？」

「如果感覺不錯，你可以考慮和她長相廝守，生兩個寶寶取名叫做平平和安安，但是如果她脫光衣服身材像個洗衣板，接吻時不只口臭還頻頻打嗝，事後一面抽煙一面把腿跨在你的肚子上，這種女人你千萬不能愛，告訴她這只是一場遊戲一場夢，明天醒來往事不要再提，跟她解釋醫生說你精蟲數量不足，如果懷孕了絕對不關你的事，記得把廚房裡的刀子收好，廁所的清潔劑千萬不要亂放。」

我謹遵高傑的教誨，當天晚上，我坐立不安穿著借來的西裝皮鞋在家裡等待，十點整，門鈴響了，我打開門，看見昔日熟悉的面孔，她一見到我像見到了救星一樣，立刻放下行李，迫不及待的撲倒在我懷裡。

她說：「我失戀了！」

陪你上床陪你哭

女人什麼時候會想要一夜情？大部分的女人會告訴你，是失戀的時候。

因為受了傷，所以想要找個人來療傷；因為失去了一段感情，所以急於追求另一段感情，一邊和新歡上床，一邊為舊愛流淚，只有至情至性的女人，才會傻得如此義無反顧，如此令人憐惜。

一夜情也許不是愛，但是它是愛情的替代品，多多少少有點愛的成分在裡頭，無論是男人女人，當你被另一個人擁入懷中，你可以假裝她是愛你的，當你和另一個人水乳交融，你會希望，他真的愛你。

一夜情是情傷的麻醉劑，可以麻醉你的痛苦卻無法治癒你的傷口。真正能治好傷痛的，只有時間。無論你是心慌意亂的想愛，或是自甘墮落的要愛，能帶給你真愛的，也只有時間。

一夜情ONS方塊書

新的愛情最令人高興，長久的愛情最偉大；
而舊夢重溫的愛情，則是世界上最溫柔親切的東西。——哈代

一夜情是男人打獵的紀錄

這個禮拜風有點大，我把借來的西裝拿去送洗，上面沾滿了我國中同學的眼淚和鼻涕，我想起了那一夜，她撲倒在我的懷裡，向我哭訴她的男朋友有外遇。

「我到日本出差，特地提早一天回國，想要給他一個驚喜，沒想到我打開房門，卻發現床上躺著兩個人，那個女的還穿著我新買的Hello Kitty睡衣，抽屜裡的保險套全部用光，連廚房的地板都被他們倆個弄得好髒。」

「這沒什麼大不了的，只不過是一夜情而已，我相信你的男朋友還是愛你的。」我忘記了我原先的陰謀，一心只想要安慰她。

「不，你不知道，這已經不是第一次了，我剛開始和他在一起的時候，一個月性生活不到兩次，我以爲他有腎虧，買了中藥拼命給他補，後來我才發現他每天中午休息時間，都和總機小姐在廁所裡玩旋轉木馬，難怪每天回家倒頭就睡，跟我抱怨上班好忙、好累。接著，我發現他和舊情人還有連絡，他每天出門噴香水，內褲開始定期洗，我用他的手機按下已撥電話，接通之後對方很嗲的說：『怎麼還不來？』每一次，他的醜事被我揭穿，他就又懺悔又下跪，每天送我一束玫瑰，指天發誓不會有下一次，每一次，我原諒他之後，他沒過幾天就開始故態復萌，搞上的女人腿一個比一個長，屁股一個比一個翹，如果他真的愛我，爲什麼要一再的背叛我？」她聲淚俱下。

「這就是男人啊！雖然我不是他們這種人，但是我了解他們這種獵人的心態。他們把追求女人當作打獵，目標是數量而不是素質，只在乎曾經擁有，不在乎天長地久，一夜情只爲了讓他們的成績單上多蓋上一個勳章，好滿足男人的一點點虛榮。女人對他們來說像星球，蘊藏著未知的奧秘；像銀行，可以分散投資一家一家開戶；像印度，朦著面紗感覺很神奇；像龍蝦，你想吃她但不會想養她；像高利貸，先享受不在乎付出多少代價。妳男朋友犯的只不過是每個男人都會犯的錯誤，也許是他的咖啡被下了迷藥，也許是他神智不清把每個女人都看成是妳，也許是有人拿著槍逼他就範，也許是他被點了穴五臟六腑快要炸開，無論他的身體如何欲罷不能，重要的是他的心裡只裝得下一個妳，妳是他的唯一，不管他的生命中出現了多少過客。」

「真的嗎？我是他的唯一？」她眨著婆娑的淚眼望著我，臉上堆滿了希望。

「是的，你是他的唯一。」我好人做到底，繼續替她洗腦：「男人和女人不一樣，我們的心靈很純情，身體卻可以很濫情，我們的上半身明明已經心有所屬，但是下半身遇到了潘金蓮還是會衝動。愛情對我們永遠像個問號，你有滿腔疑惑卻始終找不到答案；一夜情則像個驚嘆號，不管在什麼時候發生都一樣高潮迭起、蕩氣迴腸；女人是個逗號，這一句講完還會接著下一句；忠誠是個句號，走到這一步表示你已經沒戲可唱。男人的身體骯髒得像個垃圾場，腦袋邪惡的像顆核子彈，但是我們心靈絕對乾淨得像澄清湖，我們也相信羅密歐與茱麗葉，看了傑克和蘿絲一樣會流淚，遇到喜歡的女生會失眠一整夜，被女朋友拋棄時也會傷心得萬念俱灰。我們的下半身是個獵人，上半身卻是個邱比特，我們的下半身渴望性，上半身卻相信情，你想想看，妳的男朋友出軌了這麼多次，最後都還不是回到妳身邊？這就證明了他心裡只有妳，你要對自己有信心。」

「你這麼了解他，是不是也跟他一樣？」她破涕爲笑，調皮的反問我。

我還來不及向她證明我的清白，她已經累得靠在我的肩膀上打呼，半夢半醒之間，她喃喃的說：「不，你比他好太多了，眞希望我愛的人是你……」

那一晚，我們兩個一起睡在客廳的沙發上，我的肩膀是她的枕頭，我的臂彎是她的棉被。當你在沙漠中苟延殘喘了好多年，你不會再相信這個世界上有綠洲，但是這一刻天堂的門大開，沁涼的甘霖灑下來，我快要枯萎的靈魂剎那間得到了救贖，因爲……她希望她愛的人是我。

獵人的數字遊戲

為了分散風險，大部分的人都知道不要把所有的雞蛋放在同一個籃子裡，打獵也是一樣，你不能只在同一個地方守株待兔，而要四處尋覓，處處留情，見好就「上」！

男人在乎數字，無論是女人的身高、體重、年齡、三圍，對他們而言都是很重要的數字，當然，還有自己的收入以及打獵的紀錄，這是一項讓他們引以為傲的收藏。

一群男人在一起，他們喜歡比較自己的紀錄，證明自己呼風喚雨的能耐，年華老去之後，這份紀錄也可以讓他們回味當年的自己是如何的年輕力壯、鶴立雞群。雖然好漢不提當年勇，但是這方面的勇猛是男人頭上的勳章，他希望每個人都看得到。

數字會說話，說男人想聽到的話，獵人的數字遊戲就像我們小時候玩的大富翁，裡頭的人樂在其中，買樓買地想像自己真的是一個大富翁，但是玩完了之後呢？你得到的，只是一堆無法兌現的數字。

你再也想不起來，如此搏命演出，究竟是為了什麼？

一夜情ONS方塊書

你只有在愛上一個女人的時侯，她才能傷害你。
大多數女人都只能傷害真正愛她男人。——古龍〈大人物〉

一夜情是女人魅力的證明

這個禮拜台北晝夜溫差很大，我的肩膀經過了那一夜，酸痛得去看跌打，高傑一如往常去Pub打獵，認識了一名E.T.美女。

「E.T.美女？」我問高傑。

「她們眼睛長在頭頂上，不是E.T.是什麼？這類女人外表如花似玉是個大美女，但是心裡卻千瘡百孔、自以爲是，華麗的包裝底下是個格格不入的外星人。」

「那你是怎麼追到她的？」

「我告訴她我是BMW的小開。」

「然後她就信以爲眞，陪你一起去搭公車？」

「這有什麼好奇怪的，我告訴他除了飛機、汽車，以及愛琴海的郵輪以外，我從來沒搭過其他的交通工具，希望能和地球上最美的女人一起去體驗搭公車的滋味。」

「這簡直是狗屁！我開始相信美女無腦這句話是眞的。」

「這你就錯了，這種E.T.美女不但有大腦，而且非常聰明，她們天生麗質，最好的朋友是SKII還有雪肌精，任職於外商公司，穿的高跟鞋不是AS就是Nine West，和熟人見面時說的第一句話是『What's up?』再見時喜歡用小女孩的口氣搖搖手說『加內！』見到陌生男子先打量對方的鞋子，如果是義大利牌子她會熱絡得像是你失散多年的妹妹，如果是美國品牌她會打個哈欠，好像你欠了她錢，如果你的鞋子是Made in China，她的手機會突然響，然後一邊講電話一邊遠離你的視線，連一句『加內』都懶得跟你說。

E.T.美女長得不食人間煙火，她們的外表讓人連呼吸都可以忘記，但是她們的腦袋卻是一部計算機，除了加減乘除還會把你每一句話開根號，如果你稱讚她美麗，她會告訴你這句話她早就已經聽膩，如果你對她掏心掏肺，她會好心的給你一張整型醫生的名片，她們有頭有腦，有傲人的胸部還有電動按摩棒，想要追求她們，你家裡至少要有一架直昇機或遊艇，或是一台提款機。」

「聽你這麼說，這種E.T.美女畢生的目標應該是要嫁入豪門，怎麼還會屈服在你的淫威之下？」

「我穿著GEORGIO ARMANI的鞋子，打扮得像個貴公子，她根本沒有機會發現我是個空殼子，只要我要要嘴皮子，她就以爲我是她的眞命天子。E.T.美女習慣了被人捧在手心，你對她越不在意，她反而越會向你靠近，你刻意忽視她的美麗，她反而努力展現她的魅力，越漂亮的女人越擔心自己不夠吸引人，你對她來說就像是一道難解的數學題，爲了證明自己的能力，她會絞盡腦汁的去破解。當她和自己的魅力在比試，你就是那個獲利的漁翁。」

「你爲了一夜情不擇手段，難道不覺得可恥？」

「可恥？」高傑驕傲的說，「我只是給她們一點

教訓！」

我想起了高傑的初戀故事，再堅貞的愛情也敵不過權力和新台幣，從此你懂得武裝自己，想讓每個喜歡你的女人把你當成上帝，你不再相信海誓山盟，也不再好奇愛情究竟是什麼東西，想起從前你只有嘆息，把那段記憶塵封在箱底，只是每當遇到像她的女人，你的心裡總是掀起一陣波濤洶湧，爲了抗拒她的魅力，你告訴自己這樣的女人都是毒品，只能檢舉不能上癮，一不小心就會致你於死地，其實她只不過是一袋麵粉，危險的外表底下其實是個不折不扣的乖寶寶。她的眼睛雖然長在頭上，但是你的眼睛卻長在後腦，只看到過去不肯面對現實，這樣的兩個E.T.，如何在地球上找到眞正的愛情？

一夜情是 57 女人魅力的證明

女人的魅力與票房

你的身邊一定也有這樣的女子，她們笑容可掬，對人（特別是男人）總是特別殷勤，身邊不乏一些男伴，但是每一個她都堅稱是好朋友，時時不忘提醒別人自己沒有男朋友，說好聽一點是博愛，說難聽一點叫做花痴，若是你指控她一腳踏好幾條船，她會可憐兮兮的告訴你：「我不是花心，我只是想被人喜歡。」

是的，只要是女人，誰不希望全世界的男人都匍匐在自己的腳下，因為自己的美麗而跌倒，因為自己的聰穎而噴飯？

女人的一生中，如果沒有出現過幾隻蒼蠅、幾隻蝴蝶，未免太平凡單調了，不能證明自己的吸引力，但是為了那一點虛榮，就對那些狂蜂浪蝶投懷送抱，以身相許，這樣的女人豈不又太過紆尊降貴，貶低自己的身價？

一夜情或許是女人魅力的證明，但是卻不是票房的保證，一個聰明的女人，她懂得讓男人對著她流口水，像隻狗一樣的繞著她轉，用美貌與智慧擄獲所有男人的眼光，讓他們朝思暮想，即使一輩子得不到也不肯放棄，這才是女人魅力的最高境界。

一夜情(ONS)方塊書

女人都是邪惡的嗎？

是的，不信的話我證明給你看。

追女朋友需要什麼呢？是時間和金錢，

所以，我們得到了第一個公式：

女人 ＝時間×金錢
時間就是金錢。
因此，時間＝金錢。
結合上述兩者，
女人 ＝金錢×金錢 ＝（金錢）^{2}。
金錢是萬惡的根源。
所以，我們又得到了一個公式：
金錢 ＝ $\sqrt{邪惡}$。
由此可得，
女人＝（金錢） ＝ （$\sqrt{邪惡}$）^{2}。
所以，女人＝邪惡。

一夜情是DIY的雙人版

這個禮拜天氣晴時多雲偶陣雨，我整個週末都沒有出去，一個人關在家裡思索愛情究竟是什麼東西，高傑延續上禮拜的桃花運，在大安森林公園碰到了一段艷遇。

「我碰到了一個跟我一模一樣的人。」高傑說。

「你是不是韓劇看太多？」

「不，我在大安森林公園慢跑時遇到一個女人，她和我同年同月同日生，我們有一樣的血型、一樣的星座，甚至幼稚園也唸同一所，和她在一起我像是在照鏡子，那種感覺……眞是太神奇了！」

我可以想像高傑的感覺，電影通常都是這麼演。你遇到她，就好像是一段宿命的姻緣，像哈利遇上莎莉，像在上演西雅圖夜未眠。她和你之間有太多的共同點，兩人的胎記都長在屁股的左側邊，上餐廳點菜都不看菜單，上大號時都習慣要叼一支煙，最愛的顏色都是深藍，最擅長的運動都是投籃和攀岩，最想去的國家都是瑞典，學生時代都曾迷過于台煙，數學成績都一樣的難看，假日時都時常上陽明山，二○○二年世界杯足球賽都一樣支持巴西隊。

你和她有相同的興趣，也有類似的遭遇，同是天涯淪落人，說起話來分外投契，你曾經被女朋友拋棄，她的故事也好不到哪裡去。她二十七歲結了婚，原以爲從此美滿如意幸福一生，一次老公從大陸出差回來，她替他整理行李，發現裡面竟然有女人的內褲，她不動聲色，偷偷摸摸的去委託徵信社，幾個禮拜後，她拿到了一捲錄影帶，其中的一個主角是她老公，另外一個主角穿了一件性感的內褲，薄薄的一層蕾絲藏不住裡頭的玄機，她在四十二吋的電視螢幕上看著她老公主演的A片，她老公的外遇對象竟然是個穿著女用內褲的男人，還沒來得及

流淚，她已經衝進廁所吐，在她二十八歲生日那天，她收到的生日禮物是一張珍貴的離婚協議書。

你們遭受過同樣的不幸，對愛情都懂得保持安全距離，見到異性台詞只有「F— me」或「Excuse me」，生命裡最重要的兩件事只剩下Sex和Shopping，直到你們遇見了對方，看見有人和你活在同一個世界裡，你們每件事都有相同的默契，對彼此都有相逢恨晚的嘆息，心有靈犀不說話也能感應，和她在一起你像有了另一個自己。你是亞當，她是夏娃，你們兜兜轉轉，終於在茫茫人海中相遇。

她不只是你心靈上的伴侶，肉體的契合度更是百分百，你們手牽手走進賓館裡，不約而同各自低頭看手錶，卻發現兩人戴的錶正好是一對BVLGARI。冥冥中一切早有安排，上帝爲你關了一扇門，必定會再爲你開一扇窗，你們是對方得來不易的窗口，在床上更是無法無天、如魚得水，你們變成了兩頭野獸，互相爲對方舔拭著傷口，你們無孔不入，到過地獄顯然已經百毒不侵，沒有人比你更了解怎麼使她喊叫，也沒有人比她更了解如何讓你舒服，你們做愛狂野得像在DIY，隨心所欲卻又無比過癮，你們的寂寞、痛苦、悲哀、傷痛，透過另一個身體得到了解脫，相知相惜，註定要廝守在一起。

「我原本也以爲是這樣。」高傑的口氣有點悶：「所以事後我問她叫什麼名子，向她要電話，結果她只說了兩句話……」

「什麼？」

「她反問我，『One night stand的規矩都不懂！你是第一次出來玩啊？』」

高傑的臉上出現了難得的落寞，東風不來，三月的柳絮不飛，這或許是他玩弄E.T.美女的報應。達達的馬蹄是美麗的錯誤，情場殺手也有滑鐵盧的時候，她打江南走過，不是歸人，是個過客，你的心是小小的窗扉緊掩，你的心如小小寂寞的城……。

63 一夜情是DIY的雙人版

寂寞＋寂寞＝？

兩個失意的人走在一起，他們互相滿足，彼此安慰，一夜情追求的不是全然的快感，還有透過另一個身體所得來的慰藉，一夜情是DIY的雙人版，他們在對方的身上看到了自己的影子，頓時覺得不再孤單，這一夜過得分外寫意。

只是，天亮了以後呢？陽光之下看不到你的影子，你的孤單依然漫無止境，你的遭遇一樣不如人意，你的心房依舊空空蕩蕩。一夜情，畢竟只有一夜，畢竟已成昨夜，你早該有心理準備。

寂寞的時候，寧可獨自抽根煙，寧可獨自去跳舞，寧可一個人喝杯熱咖啡，寧可一個人吃頓美味的法國菜，也不要輕易找個人來愛，無論多麼像你，他也不可能是你，床上的關係是兩人最近的距離，卻是最清楚的分水嶺。

你明明知道他不是真的愛你。

一夜情ONS方塊書

上課鐘已經響過二十分鐘，數學老師正費力的在黑板上講解：「圓的意義有很多……」

無視於老師的殷殷教誨，台下的大鵬偷偷的遞了一張紙條給坐在隔壁，他心儀已久的小美，紙條上寫著：「我對你的愛就像一個圓一樣，永遠沒有終點。」

不久，小美也傳了一張紙條傳給大鵬，上面寫著：「我對你的愛就像一個圓一樣，永遠沒有起點。」

一夜情是酒家女的搖錢樹

這個禮拜開始進入了梅雨季節，氣候潮濕又多雨，高傑承受不了上禮拜的打擊，約我一塊兒上酒店發洩。

「爲什麼要去酒店？你年輕又多金，帥得可以媲美金城武，喜歡你的女人可以從總統府排到市政府，幹嘛要花錢去尋歡作樂呢？」

「你沒聽過『富貴險中求』這一句至理名言嗎？最危險的地方也就是最安全的地方，我厭倦了普通女人的矯柔做作，巧言令色，上床前說『Love you. Love you.』，下了床卻改口說『See you. See you.』，這個年頭女權當道，女人玩起男人來一點兒也不比我們遜色，想要找到最純潔的女人，就要到最墮落的地方，想要遇到一段眞誠的愛情，就要先通過虛假的考驗。」

我打了一個噴嚏，對高傑的說法完全不同意：「你到了那種地方，再怎麼純潔的女人也只有一個目的，她們叫你Honey完全只是爲了你口袋裡的Money。」

「這可不一定，你有沒有看過描述酒家女最經典的那一部電影？」

「你是指妮可基曼演的『紅磨坊』？」

「不是，我指的是周星馳的『喜劇之王』，裡面張柏芝的裙子好短，身材好辣，她閱人無數，卻爲了周星馳寧死不屈。你看看，酒家女一旦動了眞情是根本不會把金錢看在眼裡的。她們身分卑微，道德倫理不好，身體像一家銀行，有錢就可以開戶。她們沒聽過孟德爾頌以及巴爾托克，以爲但丁是一種布丁，雪萊是一種新上市的汽水；她們唯一的專長是划拳，唯一的才藝是鋼管。你告訴她你最喜歡的景色是喜馬拉雅山上的白雪皚皚，她會接口說Baby今夜你會不會來；你和她提到戴爾．卡內基，她會問你和肯德基有什麼不同。金錢雖然是你們唯一的交集，但是故事往往還會有後續。她們送往迎來，來者不拒，但是至情至性，敢愛敢恨。她們曾經受過傷害，比其他女人更不相信愛情，但是她們心靈空虛，

酒家女的搖錢樹

也比其他女人更渴望愛情，如果你肯用心，你會發現她的肉體雖然千瘡百孔但是心靈卻仍單純得像Virgin，如果你夠細心，你會發現她吃RU486但是也按三餐吃維他命，高潮時會感動得在你肩膀上哭泣，走路時會停下來拾起一片落葉，每天花一個小時幫她的貓咪洗澡，每個假日都在家裡作垃圾分類。萬花樓裡百花盛開，什麼花都有，你當然也能找到其中一朵出淤泥而不染的蓮花。」

「但是這朵蓮花會花掉我們半個月的薪水，代價未免太高。」

「怎麼會高呢？」他說：「你花一點小錢就可以當大爺，享受無上的尊榮，三宮六院都任你差遣，就連唐伯虎這樣的風流才子也會羨慕你。只要你進到酒店裡，女人對你的態度像在對馬英九，滿腦子想的都是和你一夜情；她們衣衫不整，在你面前扭來扭去，好像從小生長在伊甸園，性對她們來說只是空氣；她們進退得宜，對你百般禮遇，好像跟你喝酒

是夫妻交杯，跟你划拳是皇帝寵幸；她們能言善道，熱情有勁，隨時準備好任你蹂躪。在那裡你沒有壓力，講再老土的笑話她們也會興奮得好像你在她耳邊說髒話，這是每一個男人最輝煌的時刻，在酒店裡，你像是呼風喚雨的巨人，也像是無所不能的上帝……」

「更像是一個會生金蛋的老公雞！」我打斷他的話，「這種尊榮只是一時片刻。要虛榮，你可以實際一點買台法拉利；要刺激，你可以去旅行，去玩高空彈跳保證你跳的兩腳發軟；要享受，你可以請個印傭來家裡，她們會每天幫你葡萄剝好、蘋果削皮，我看她們都是這樣照顧植物人。」

「你這個人實在太自私了！」高傑生氣的說。

「我只不過不想陪你上酒店而已，有這麼嚴重嗎？」我心情不好，口氣很阿扁。

「你不和我一起去酒店無所謂，但是你不替自己著想，也該替那些酒店小姐著想，培根說過：『一個最可惡的人，是一切行動以自己為中心的人。』如果每個人都跟你一樣不上

一夜情是⑲
酒家女的搖錢樹

酒店，那麼酒店小姐豈不是全部都要變成乞丐？你所鄙夷的一夜情，正是她們的搖錢樹，你自己不爬樹，沒必要把樹葉都摘光吧？去酒店不是爲了你私人的享樂，而是爲了普渡眾生，施比受更有福，你應該把甘霖施灑在那些比你更不幸的人身上啊！」

我忘了高傑曾經當過演辯社的社長，從小學時代就是如此辯才無礙，鬼才會相信去酒店不是爲了私人的享樂！但是他連我的偶像培根都搬出來了，我還能說什麼呢？

高傑正氣凜然的繼續說：「你就算不爲酒店小姐想，也應該要爲整體國家經濟著想。」

「慢著！我去不去酒店關國家什麼事？」

「景氣越不好，我們越應該去消費，這樣才能夠靠自己的力量振興本土市場，我們要犧牲小我，完成大我，刺激景氣，全民一起拼經濟！」

還扯到拼經濟，你這個性愛的奴隸！

「照你這麼說，男人上酒店是一種捨己爲人、濟世救民的偉大行爲囉！」我說不過他，無力反駁只好附和。

「沒錯，這是男人除了納稅、服兵役之外應盡的義務。」高傑越說越得意，我們來到了林森北路，他把頭髮抹光，我把襯衫上的第一個釦子解開，我們準備好要爲台灣的經濟做出具體貢獻。

寵愛自己一下

男人上酒店，就像女人買衣服，只是寵愛自己一下而已。

要男人不上酒店，就像要女人不買衣服，談何容易？簡直了無生趣。一夜情是酒家女的搖錢樹，女人千嬌百媚，軟硬兼施的搖晃著這顆大樹，如果男人本身是一顆好樹，被人搖了幾下，頂多也只是掉幾片葉子而已，無傷大雅；而那些一遇到外力就方向全無，迷失本性的樹，經不起一點動搖，多半都已經腐爛到根底了，不如就放手任他去吧！不必可惜。

一夜情是71
酒家女的搖錢樹

一夜情ONS方塊書

男人往往只把最大的秘密告訴紅顏知己，
他們不會告訴同性，也不會告訴家人或妻子。
一旦紅顏知己變成了妻子，她原本享有的這個權力便馬上被取消了。
有得必有失，凡事皆如此。

一夜情是援交妹的聚寶盆

這個禮拜也無風也無雨，我回想起和高傑上酒店的那一夜。高傑喝酒喝到頭皮發麻，我唱歌唱到喉嚨沙啞，隔天酒店的嘉嘉打電話給高傑，兩個人在汽車旅館過了一夜。

「Guess what?」過了幾天，高傑神秘兮兮的問我。

「What?」

「那個打電話約我的嘉嘉居然只有十七歲，而且還是一個高中生。」

「那她眞是年紀小志氣高，不但做酒家女還做援交妹，批發零售一把抓，未來前途無可限量，一定能成爲酒國一枝花。」我的口氣有點酸。

「你知道她做這一行的理由嗎?」

「嗯……她一定是家境清寒，上有高堂，下有十六個弟妹，爸爸被人倒帳，媽媽身染重病，弟弟妹妹的年紀都還小，她身爲長女只好一肩挑起家計，下海賺錢供弟妹吃飯上學。」

「完全不是！」高傑說：「她的家境清白，雖然不富裕但也還過得去，是父母親的掌上明珠，沒有兄弟姊妹，做酒店是爲了買GUCCI，等到存夠了錢她要去整型，把自己變成李英愛。」

「那她根本就是愛慕虛榮、自甘墮落！我們應該去告訴她學校的訓導主任！」我氣得拍桌子。

「她是愛慕虛榮，但是你不覺得她敢作敢當，想法很酷嗎？」高傑淡淡的說，「我一看到她就受她吸引，經過昨夜之後，我對她簡直崇拜……」

「讓我猜，」我打斷高傑，「因爲她胸前偉大，身材青春火辣，卸了妝的臉蛋比不化妝更美，穿著黑色百摺裙還低著頭對你說『老師早』。」

「正好相反，她年輕稚嫩，身上還有嬰兒肥，胸部完全靠胸壓，美麗全靠化妝品，卸了妝的臉蛋平板得像沙灘，穿著熱褲露出半個屁股，還對旅館的服務生說『你老母』。」

「那你怎麼可能吃得下去？你可是外貌協會的榮譽會長耶！」

「我起先也是這樣想，但是她後來完全改變了我的觀感。我們一進到房間，她立刻替我把外套掛進衣櫃，問我燈光會不會太亮，空調會不會太大，然後走進浴室幫我放熱水，調整好水溫，還從皮包裡拿出一打精油任我選，顯然事先早已準備好。接著我們洗鴛鴦浴，她替我刷背，甚至還幫我清洗耳後的污垢，她的手輕巧的像在彈鋼琴，時而溫柔，時而激昂，你該試試她的櫻桃小嘴，就連陸文斯基這樣的白宮第一喇叭手也會自嘆不如，她的身體柔軟得像豎琴的弦，我懷疑她會軟骨功還是曾經在俄羅斯馬戲團待過，她尖叫的聲音像在唱聲樂，隱隱約約還可以聽出R&B的節奏。」

「你是說她吸引你是因爲她的音樂造詣很高？」

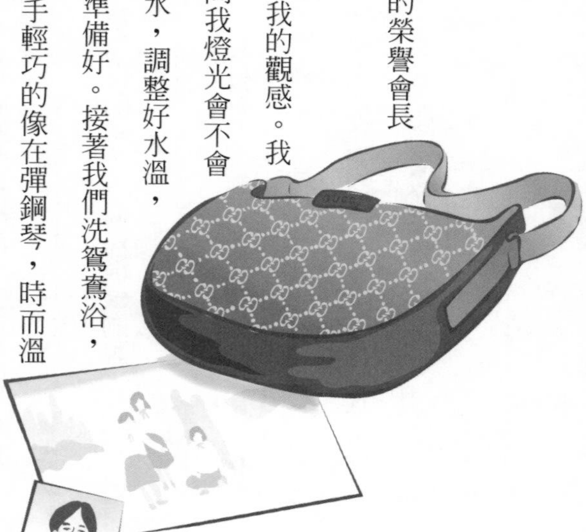

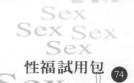

「不，是因爲她非常Professional。」

「破什麼?」

「Professional」高傑把這個英文單字慢慢的重複了一次，「是專業的意思。她在做愛時的表現讓人激動，做愛後的表現更讓人感動。完事後我當然倒頭就睡，她卻在一旁爲我按摩了一整夜，第二天早上，我們準備離開時，她仔細的替我檢查領口有沒有殘留的口紅，釦子上有沒有不小心勾住的頭髮，最後，在我的身上灑上了衣物芳香劑，遮蓋住她在我身上留下的香水味。」

「這些只不過是例行的作業。」

「但是做得好，做得自然，做得出色就叫做專業。一夜情是援交妹的聚寶盆，這是她們的專業，不是太太或女朋友比得上的。你有沒有看過Nokia的廣告：專業也可以很有型。眞的，專業讓人變得不一樣！」

高傑的臉上閃爍著好久不見的自信光彩，情場高手終於重新奪回了他的寶座。

「那麼，你應該去追她！」

「所以，我要把她介紹給你。」我和高傑同時開口。

援交也需要專業嗎？

是的，而且援交妹還需要比別人更多的專業。

這種專業的難度不是在於技術，而是在於人性。拿人錢財，替人辦事，你不但要壓抑自己的個性，還要接受對方的各種合理與不合理的要求。在你援交的同時，你已經把自己當成了商品，而不是一個有血有肉有靈魂的人。一分收穫必先有一分耕耘，各行各業都是一樣，實際付出的遠比想像中的還多。

援助交際已經成為社會上一個普遍的名詞，女孩子藉由一夜情來換取金錢財物。有的人是為了滿足自己的物質慾，有的人是為了尋找刺激，有的人只是單純的為了排遣寂寞，打發時間。援交是一種以物易物的服務業，每個人都有權選擇自己的生活方式，只是你一旦為自己貼上援交的標籤，你就真的只值那個數字，而且還會逐漸下滑。

一夜情或許是援交妹的聚寶盆，但是你真的需要這樣的寶藏嗎？當性愛蒙上了一層銅臭味，你或許會感嘆「金錢誠可貴，尊嚴價更高」。

一夜情ONS方塊書

「我很醜，可是我很溫柔。」

今天的男人女人一起改編了趙傳的版本：

我不完美，可是我很真實；
我不漂亮，可是我很有型；
我不富有，可是我很快樂；
我不成功，可是我很自信；
我不高尚，可是我很專業；
我不多情，可是我懂得珍惜。

一夜情是轉大人的第一步

這個禮拜氣溫直線上升，高傑重振了往日的雄風，我則遇到了一個大麻煩。

「我以前的家教學生打電話給我，說這個禮拜六要來我家住一晚，還叫我要準備好保險套。」我告訴高傑。

「天哪！這種好事居然也能被你碰上，她是不是一個大近視？」

「我哪知，我替她補習的時候她還只是個小學生，綁著兩條辮子晃啊晃的好可愛，昨天她打電話給我，劈頭就問我週末會不會在家，她要送我一個大禮——十六歲女生的第一次。」

高傑倒抽一口氣，沉吟片刻，用專業的口吻說：「她一定是從小就愛慕你，忍到現在她已無法自持。」

「但是我沒錢財也沒人材，連個奴才也當不好，她憑哪一點看上我？」

「這倒也是。」高傑把我從頭到腳仔細的打量，像醫生一樣專業的說出了他的診斷，「那種年紀的女孩子找你這種老頭子上床只有兩種可能，不是她剛被人拋棄，就是她希望被人拋棄。」

「你講得眞玄，會有人希望自己被人拋棄嗎？」

「那只是形式上的拋棄，她的內心根本毫髮無傷，她希望和你發生關係卻又毫無瓜葛，簡單來說就是一夜情，你有沒有聽過徐志摩的詩，『你記得也好，最好你忘掉，在這交會時互放的光芒……』說的就是這些少女們的心境。」

「你是說徐志摩的『偶然』是爲一夜情而寫的？」

「爲什麼而寫都不重要，重要的是國家幼苗即將脫光在你面前要求你殘害她，現在的年輕女孩想法千奇百怪，日本的高校生甚至認爲過了十六歲仍是處女是一件很丟臉的事，所以在高一升高二的暑假，她們會想盡辦法上網去找一些阿貓阿狗，來擺脫自己處女的身分。」

「所以我就是那些阿貓阿狗之一？」

「Who knows?」高傑聳了聳肩，「Maybe。」

「如果是這樣，她大可找那些年輕力壯的小夥子，幹嘛非要我呢？」

「也許是因爲你這麼多年來一直是她性幻想的對象，也許是因爲你在她小時候摸過她的屁股令她產生快感終生難忘，也許是因爲你曾經是她老師，跟你一夜情對她同學來說很勁爆，也許是她醜得沒人要，唯一認識沒有血緣關係的男性只有你一個。」

我聽得毛骨悚然，不寒而慄：「要是她眞的對我圖謀不軌，我該怎麼辦？她可是我的學生耶！」

「苦苓的前妻原本也是他學生，這種事又不是從你開始。」

「但是我年紀太大，心靈經不起再一次的打擊，我可不想成爲高中生

的玩物，精盡人亡屍骨無存，還會被冠上老牛吃嫩草的罪名。」

「那你只能先下手爲強，令她倒盡胃口，杜絕任何非分之想。你聽好，接下來我說的話你把它徹底實踐，保證可以驅邪防身，降妖除魔，再怎麼飢渴的女人也會退避三舍：

1.嗑大蒜，必要時和檳榔汁和成一團。
2.喝藥酒，暗示你未老先衰不能持久。
3.穿破衣，口袋裡隨時可能爬出白蟻。
4.不洗澡，連肚臍眼都可以挖到寶。
5.敷面膜，讓自己看起來像人魔。
6.摳腳丫，摳完了還拿起來哈啦。
7.常放屁，放完後還深吸一口氣。
8.舔刀子，舔完再去舔自己的腳趾。」

星期六的晚上，我穿著發黃的汗衫坐在客廳，茶几上擺著一大瓶蔘茸藥酒，嘴巴嚼著大蒜和檳榔，腰間插著一把菜刀，手裡拿著一盤搗爛的美國派。我嚴陣以待。

轉大人的手段

從前的男人擔心自己的老婆不是處女，現在的女人更擔心自己還是處女。這就像男人無論是忠厚老實還是尖酸刻薄，都希望別人覺得自己有點壞，「好男人」這個名詞已經淪落到與「軟腳蝦」同義。有點壞表示自己身經百戰，表示自己是個愛情玩家，同樣的道理，一個眾星拱月的女人，又怎麼可能還是處女呢？

十六、七歲的女孩子正是情竇初開，渴望「轉大人」的階段，她們特意表現世故，賣弄成熟的風情，勇於挑戰未知的領域，急於揭開神秘的面紗，她們為失身而失身，男人只是工具，一夜情只是手段。

不要不相信，因為現實會讓你不敢相信，這樣的情形在社會上比比皆是，性不再是女人的禁忌，而是權利，女人和女孩的分野，在於那一夜。

要做大人的事情，就要負大人的責任。年輕人總是希望某些事快點發生，年老的人卻希望某些事不曾發生；年輕人會為做過的某些事後悔，而年老的人則會後悔不曾做過某些事。

人生的矛盾，無非是得與失之間的平衡，更矛盾的，是根本無法平衡。

一夜情ONS方塊書

陳媽媽有八個女兒，在同一天出嫁，第二天歸寧，陳媽媽迫不及待的把女兒們找來問話，問問她們新婚之夜的感受。

大女兒說：「就像麥斯威爾咖啡一樣，滴滴香醇，意猶未盡。」

二女兒緊接著說：「就像復興航空一樣，每五分鐘，直達一班。」

三女兒說：「就像Nokia手機一樣，一機在手，樂趣無窮。」

四女兒沮喪的說：「就像那比爾蓋茲一樣，Microsoft，微軟。」

五女兒嬌羞的說：「就像那M&M巧克力一樣，只溶你手，不溶你口。」

六女兒興奮的說：「就像那凱迪拉克一般，長長的感覺，舒服極了。」

七女兒不滿的說：「就像Motorola手機一樣，良機在握，一觸即發。」

八女兒嘆了一口氣，無奈的說：「就像麗仕洗髮乳一樣，輕輕一撥，就回復原來的樣子。」

一夜情是不掉芝麻的燒餅

這個禮拜總是陰雨綿綿，我雖然使出了「降魔八招」拒絕了少女的第一次，心裡卻感到了一股莫名其妙的失落。

「你這叫做『甜檸檬心理』。」高傑替我下了診斷。

「什麼甜檸檬？我只聽過酸葡萄。」

「你表面上雖然威武不屈、貧賤不移，滿口仁義道德、忠孝仁愛，但是骨子裡卻是酸溜溜的，就像塗上了一層蜂蜜的檸檬，騙得了人騙不了自己，說穿了，你是在嫉妒。」

「嫉妒？我嫉妒什麼？我只是覺得有點失落感而已。」我忿忿不平，「嫉妒」這個字眼太娘了，怎麼可以用在我身上？

「這就是嫉妒，只是你把它內化成失落感而已。你裝清高，禮物送上門來也不要，但是退了件以後，你又在想這份禮物會轉寄到誰手上，那個人也許比你矮，比你胖，頭髮比你禿，智商沒你高，只因爲他的思想比你Open，觀念比你鮮，就可以歡天喜地的把禮物收下，他比你高明的地方是因爲他比較無恥，摸摸你自己的良心，你敢說你不嫉妒他？」

我摸摸自己的心臟，我的良心說不出話。

「這就像我們以前在學校的時候考試作弊一樣，你自己不作弊，就看不起那些作弊的人，可是看到他們因爲作弊得到的分數比你高，你只能怨嘆自己不是作弊的料。我告訴你，這個世界就是這麼不公平，做好人是得不到好報的，因爲做好人本來就應該不求回報。」高傑繼續說。

「沒有好報也不應該有惡報吧！這種甜檸檬心理有沒有解藥？」

「當然有，既然你爲別人的好運感到不平，你就應該想辦法讓自己覺得平衡。」高傑眞不愧是情場老手，教訓起我來頭頭是道：「首先，你要相信自己並沒有任何損失，別人就

算有所收穫得到的也只是你不要的爛貨，她最好的時候，是在她離開你的時候。第二，你要放鬆自己，不要ㄍㄧㄥ，不要ㄌㄨˊ，爲了證明自己不比別人差，去買Bally，吃王品，必要的時候我們就去澳門賭一把。第三，遠離一切刺激物品，不近女色不看A片，不要在傷口上灑鹽，把所有球狀的東西都收起來，相信我，時間會是最好的解藥。」

「如果這些都沒有效呢？」

「那你只好練習爬欄杆。」

「爬欄杆？」

「意思就是更上一層樓，轉而追求形而上。你之所以會有失落感，是因爲你認爲一夜情是不掉芝麻的燒餅，沒有麻煩，沒有後遺症，所以不吃白不吃，所以你怨嘆自己沒吃。但是當你更上一層樓，從高處看下來，所有的事物都會變得渺小，所有的後悔都會成爲過往雲煙，這個燒餅雖然好吃，但是不是你的你就不應該吃。到了這個境界，你所看到的不只是事情的表象，更可以一眼看穿它的本質，例如，你在馬路上撿到一袋鈔票，拿到警察局有可能徒勞無功，但是如果你不拿去，失主永遠都找不到；例如，你聽到隔壁有人尖叫，你假裝沒聽到別人也不會怪你，但是如果你坐視不理，出了什麼事你永遠不會原諒自己。重要的不是結果，而是過程，不是你做了以後會怎麼樣，而是你有沒有做？」高傑說到激動處，像個法官似的拍了下桌子，我獲判無罪釋放。

那天夜裡，我瞪著天花板，試著爬欄杆。我用兩手攀著上面，兩腳再向上縮；肥胖的身子向左微傾，顯出努力的樣子，不在乎我的背影有沒有人看。我以爲我最後會登上天堂，沒想到我卻來到了外太空，高處不勝寒。

滿足您的需求

一夜情只需要一夜，輕鬆、方便，而且不掉渣，是速食愛情的極致。一夜情沒有愛情的黏膩，沒有追求的繁瑣，沒有交往的做作，最重要的是，一夜情沒有責任。

愛情往往伴隨著沉重的責任，逼得人每一步都踏得小心翼翼，如果這時出現了免費的甜頭，你想不想嚐一口？你不說，我不說，除非被狗仔隊拍到，否則誰會知道？

一夜情符合現代人的經濟效率，不只是速食，連下車付錢的手續都不必，它也許真的服務到家，滿足現代人的需求，但是如此匆匆忙忙，你真的確定你要的是這個嗎？

一夜情ONS方塊書

某天小周與女朋友一起搭公車，在車上遇到一位白髮蒼蒼的老翁，與小周的女朋友一見如故，相談甚歡。

小周冷眼旁觀，覺得受到冷落，心裡很不是滋味，於是向女朋友說：「妳小心醉翁之意不在酒。」

女朋友覺得受到了侮辱，很不高興的說：「醉酒之意不在翁。」

此時只聽見老翁緩緩的說：「你們怎麼說都好，反正醉酒之翁不在意。」

一夜情是不用花錢的嫖妓

這個禮拜陽光普照，我爲不掉芝麻的燒餅悶了好幾天，星期六晚上，高傑約我到台北市女生素質最高的一家PUB，裡面燈光美、氣氛佳，朦朧夜色下，每個女人的臉上都打著蘋果光，連母豬也可以賽貂蟬。

「三點鐘方向，那裡有寶藏。」我看到了一個長髮飄逸的美女，小聲的向高傑報告。

「心動不如馬上行動，你應該過去和她搭訕。」高傑仍不改他的豬哥本色。

「怎麼搭訕？我要說些什麼？如果被拒絕了我該怎麼辦？」我心跳加速，一口氣問了一大串。

「嘿！算你好運，說到搭訕，我可是專家。你聽好，搭訕沒有你想像中那麼難，總共有三大目標和五大要領。這三大目標分別是要到電話號碼、續下一攤，和一夜情。後面兩個可遇不可求，但是第一個目標你一定要貫徹到底，只要拿到對方的電話號碼，你這次革命失敗下次也還可以再起義。你走到她身邊，隨便和她哈拉兩句，如果她不肯給你電話號碼，那就改變戰略，換成你主動給她電話號碼，你在她的手機裡輸入自己的電話，再假裝測試按下撥出鍵，這樣一來，你的手機自然就會有她號碼的紀錄。兄弟一場，別說我不照顧你，爲了達到這三個目標，你必須牢記五大要領，第一步是放電，你直視她的雙眼，直到她感受到你灼熱的視線，即使她的領口再低，你的眼睛也千萬不可以亂瞄；第二步是讚美，無論她是高的矮的，胖的瘦的、美的醜的，最好一律稱讚她『特別』，你的形容詞越虛無飄渺成功的機率越大。第三步是漂白，你先自我介紹，『不經意』的提到你不常來這種地方，通常是爲了應酬外國客戶才來，哪怕你唯一認識的外國人只是鄰居的菲傭，『外國客戶』這四個字絕對可以讓你變成她眼中的潛力股。漂白之後，你要軟化，告訴她你從通馬桶到修電腦都在行，雖然你眞正想做的只是替她灌腸。最後一個要領，是表態，無論她說

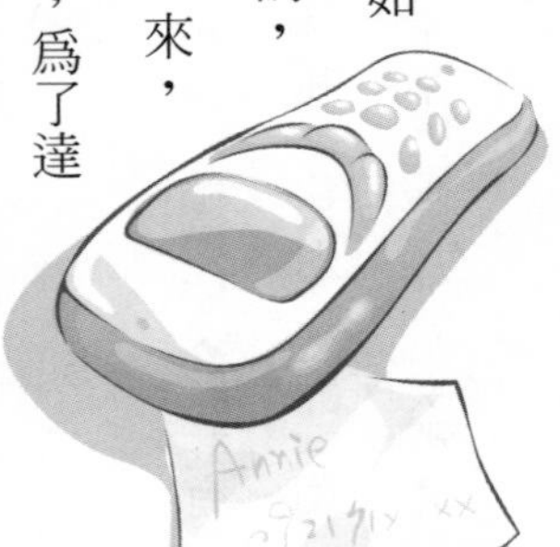

些什麼，做些什麼，你的態度一定要堅定，即使你一覺睡醒之後未必會記得她，你也要表現得好像妳是我今生的新娘。」

「你是說我只要走過去，看著她的眼睛，然後告訴她：『小姐我一見到你就被你吸引，你給我的感覺好特別，我是不是在哪裡見過妳』，然後她今晚就會陪我睡？」

高傑搖搖頭，「你的用詞對了，但是語氣不對。」

「那我該用什麼語氣？」

「你的表演必須帶點不熟練的自然。」

「不熟練的自然？」我像是一隻鸚鵡。

「對，搭訕就像演戲，你把台詞背得滾瓜爛熟，但是每一次說的時候都還是要像第一次說一樣，你刻意說得不熟練，卻又要不熟練到自然的程度。我示範一次給你看。」高傑把水杯拿到眼前，含情脈脈的注視著這杯水，「你走過去，看著她的眼睛，然後告訴她『小姐，我一見到你就被你吸引，你給我的感覺好、好……特別。』」他最後的兩個字像是從牙縫裡擠出來的一樣。

「你的意思是就算我已經準備好了台詞，都還必須假裝痴呆？這麼辛苦是爲了什麼？」

「當然是爲了搭訕的最終目的——一夜情啊！」

「我知道，但是一夜情有什麼好處？爲什麼我們千方百計的演出只是爲了一夜情呢？」

我突然陷入了蘇格拉底的漩渦。

「嗯，就我個人來說……」高傑認眞的想了想，「那是一種生理需要吧！」

「那你去嫖妓不就解決了嗎？」

「不一樣，一夜情就是免費的嫖妓，而且比嫖妓還刺激。」高傑說得理直氣壯，他拍了拍我的肩膀，繼續說：「不管結果如何，你至少要試著踏出第一步。」

爲了穩定情緒，我喝了一大口烈酒，然後鼓起勇氣走向我今生的新娘，在距離她不到十五公分的時候，我停下腳步，看著她的眼睛，嘴唇顫抖的告訴她：「小姐，我一見到你就被你吸引，你給我的感覺好、好……特別。」

她笑著對我說：「眞的嗎？」聲音卻是男人的重低音，「你知道，有很多男人都偏好我這一味的。」

然後，她極其嫵媚的對我拋了個媚眼，我感到一陣天昏地眩，忍不住的翻了個白眼。

你心甘，我情願

許多人以為一夜情很浪漫，但是說穿了，有更多人是為了方便。

一般人常常試圖將它美化，把一夜情營造成是天雷勾動地火，乾柴碰上烈火的結果，但是更多時候，一夜情只是種貪圖便利、不擇手段的佈局。

兩情相悅、袒裎相見，看似坦率乾脆，卻反映了多少人性的矛盾、自私、放縱，在男歡女愛的包裝下，內藏的是人類赤裸裸的慾望，只要能宣洩情慾，對方是誰都沒有意義，只要能得到快感，誰又在乎這個遊戲公平不公平。

你以為一夜情很浪漫？其實那只不過是一次免費的嫖妓。

一夜情ONS方塊書

男人：千山萬水總是情，小費不給行不行？

女人：天涯何處無芳草，小費一分不能少！

男人：人間自有真情在，能省一塊是一塊！

女人：我用青春賭明天，小費不給算強姦！

一夜情是A片的真人版

這個禮拜冷鋒過境，高傑得了重感冒，去醫院報到，星期二下班以後，我去他家探望他。

「你不會相信，急診室裡眞的有春天！」高傑一見到我，馬上大聲宣告，一點也沒有病人的倦容，「我昨天發燒到三十九度跑去掛急診，幫我打針的是一個新來的護士，眼睛大大嘴巴小小，長得像卡通裡的小甜甜，我問她下班以後有沒有空，結果她回答我今晚她要值夜班……」

「所以她拒絕了你？」我打斷了他的話。

「你眞沒悟性！難怪交不到女朋友。如果女生存心要拒絕你，她會直截了當的說NO，她說『我今晚要值夜班』的意思，是暗示你今晚可以到醫院去找她！」

「所以如果她說『家裡有事』，其實是暗示你今晚她在家，你可以到她家裡找她？」我想證明自己大智若愚，嘗試舉一反三。

「笨蛋！誰都知道『家裡有事』是『我寧可待在家裡，也不跟你出去』的意思，是NO的中文解釋和同義複詞，只有家裡以外的地方，你才可以姑且信之。」高傑透露著「孺子不可教也」的眼神，他接著說：「言歸正傳，我當天晚上就到醫院去找她，一見到面，她問我怎麼有空，我回答她說再忙也要跟你喝杯咖啡，她說她的胃不好不能喝咖啡，問我想不想要來一點嗎啡。」

「嗎啡？她想假公濟私，知法犯法！」我驚叫道。

「我剛開始也是這麼想，所以我點點頭想看看她在玩什麼花樣，於是她拉著我的手，不知道爬了幾層樓梯，穿過多少走廊，最後走進一扇大門裡，四周鴉雀無聲，屋子裡的溫度很低，我們的身體卻都熱得像火，她瞬間把我推倒在地上，我的腦海裡一片空白，這種感覺恐怕只有古時候的蘇東坡了解。」

「蘇東坡？」

「浩浩乎如馮虛御風，而不知其所止；飄飄乎如遺世獨立，羽化而登仙。」高傑有模有樣的吟了幾句詩詞，「那種感覺豈只是嗎啡，簡直是在天上飛！」

我打斷他的回味，冷冷的對他說：「我想蘇東坡的赤壁賦和吸毒或是一夜情沒什麼關係吧！」

「那可不一定，他們一行人『相與枕藉乎舟中，不知東方之既白』，誰知道中間發生過了什麼事？」

「算了，我說不過你，你福星高照，又有美女當前，連全台灣最淫蕩的護士都被你碰上了，我甘拜下風！」

「唉！這也沒什麼，日本的A片常常演，我不過是實現了每個男人的性幻想而已，現實世界比電視要刺激得多，當我回過神來，我緊張得幾乎尿在褲子裡。」

「因爲你在院長室裡，隨時都會有人進來。」

「不，我在的房間除了我和她之外，根本沒有一個是『人』。」

「……阿彌陀佛」我倒抽口氣，突然湧起了一陣尿意。

高傑倒了杯熱茶給我，他走到窗戶旁邊，無限懷念的說：「在那個生與死的交界，冰與熱的空間裡，我覺得自己是眞眞實實的活過，你知道嗎？我從來沒有過這種感覺，這種感覺，讓我不枉此生，我第一次覺得自己是眞的……」

「愛過。」我替他接下去。

「不，是高潮過。」

問世間一夜情爲何物，直叫人生死相許。

蘇子愀然，而我一臉茫然。

真實的白日夢

一項調查指出，百分之八十四的男性和百分之六十七的女性都有過性幻想的經驗，這種色情白日夢為我們的情慾世界增色不少，而一夜情，正是連接夢想與現實的橋樑，讓你親身體驗各種角色扮演，自己編織你夢寐以求的精采情節。

只是，夜路走多了，難免會碰到鬼。幻想之所以美好，是因為它隨心所欲，而且任你翱翔，然而天底下從來不會有那麼便宜的事，一開始是你玩遊戲，到後來卻往往會演變成是遊戲在玩你。

小心！一旦美夢變成惡夢，你是連被嚇醒的機會都沒有的。

各國男人心目中的女神：

英國男人喜歡貴婦人式的女人，做事穩重，掌握分寸，又不疾不徐，具有端莊、嚴肅的氣質。

法國男人青睞文雅嬌柔、韻味十足的女人。她們服裝雅致，舉止從容，講究談吐藝術，處處表現得落落大方。

而對美國男人來說，牛仔褲、運動鞋，健康的膚色，加上一雙湛藍的眼睛，如果還能配上大小適中的胸部以及圓翹的臀部，就是每個美國男人的夢中情人。

西班牙女人要有一頭長長的秀髮，穿著展示出美腿的長裙，她的個性應該帶點高傲，會用眼神去吸引人。

日本女人端莊溫和，笑容和體態都溫柔無比，臉蛋和脖子的部分一定要非常性感，才能成為日本男人眼中的百分百女孩。

一夜情是性飢渴的滅火器

這個禮拜高傑的感冒還沒好，但是他對女人的胃口卻一點兒也不受影響。

「我覺得我好像有病。」高傑說：「我只要一見到漂亮的女人就衝動，幻想解開她們的鈕子，從頸子一路舔到腳趾，即使理智告訴我萬萬不能，我的海綿體卻呼籲我快快救火，我的腦子管不住我的雙手，我的褲子也關不住我的小鳥，再這麼下去，我怕我會變成色情狂，或是老了以後變成西門町的怪叔叔。」

「不用怕，你只是壓力過大，有可能是得了強迫症，無法控制自己的行爲，全台灣有五十萬人都有這種症狀，這沒什麼好大驚小怪。」

「強迫症？聽起來好像很嚴重。」

「你放心，就算得了強迫症一樣可以當美國總統，何況這是一個最好的藉口，萬一哪天你被捉姦在床，登上《壹週刊》的封面，你只要表現出一副無辜的樣子，大喊『我是被迫的，我控制不了自己。』就可以不必負責任，別人還會同情你，這不是很好嗎？」

「你不是我你不會了解，我對女人的慾望像是火山爆發，我的慾火只有一夜情能澆熄，我的飢渴只有眞槍實彈才能滿足。我曾經試著在衝動的時候念大悲咒，結果只會感覺更漲更難受，我也試過在慾火焚身時猛沖冷水澡，結果卻讓我更懷念冰火五重天這招，我試過在遇到美女時默背九九乘法表，最後我把人家帶到床上一邊考試一邊搖，我也試過在千鈞一髮之際緊急煞車，結果不小心煞車失靈反而叫得更大聲。我常常問自己，除了慾望我還有沒有別的快樂？除了把妹我還有沒有別的專長？除了高潮我還有沒有別的興奮？除了征服我還有沒有別的目標？除了一夜情我還有沒有別的滅火器？」

是的，除了一夜情還有沒有別的滅火器？我想起那些在PUB裡鬼混的夜晚，兩個人躲在角落四處尋找獵物，穿著西裝打著領帶，口袋裡的保險套卻裝了一打，光線昏暗臉上還故意戴墨鏡，想讓別人以爲自己是周潤發，其實是眼睛亂瞟怕被舉發，最後選定了一個九頭身美女，她看你的眼神很冷，好像你的存在阻礙了附近空氣的流通，突然間你腦子全是漿糊，原本準備好的台詞頓時卡在喉嚨，像根魚刺嚥不下也吐不出，情急之下你竟然對她說出「I love you」，她笑著說謝謝你，但是你的褲子有破洞，要不要我借你針線縫一縫？

我們處心積慮、糗態百出全是爲了一夜情，我們把自己當成是情聖，別人卻看我們像小丑，只因爲我們得了強迫症，控制不了慾望只好反過來任它擺佈，一夜情成了我們生活的核心，但是我們的人生不應該只是這樣，一定還能找到別的意義，一定還有比一夜情更有趣的事情……

「我想到了！」我大聲高呼，「要克服自己的慾望，有一個最好的辦法，就是好好的去談一場戀愛。」

「我每天晚上都已經在談戀愛了。」

「我指的不是One night stand那種愛，是True love，眞正的愛情。愛情將會凌駕在慾望之上，讓你的眼裡只容得下一個人，就算張柏芝脫光衣服爬到你身上，你也可以一腳把她踢下床。」

「不不不，那太危險了，你不知道談戀愛就像被火燒一樣嗎？都一樣有『衝脫泡蓋送』五個步驟，一開始大家盲目的向前「衝」，一心只想「脫」下對方的衣服，等到看清了彼此的眞面目，你們的愛已經變成了「泡」沫，而且還不知不覺「蓋」上了一層灰，最後只剩下送君千里珍重再見，或是「送」對方一拳，到處說他欠你錢。談戀愛是玩火，比一夜情更容易把人燒傷。用愛情來克制慾望是以毒攻毒，不成功就只好成仁，萬一弄巧成拙還會引火自焚，造成半生不遂，我自認沒有勇氣，也沒這麼深的功力，一輩子註定要做個慾望的奴隸！」

我搖頭，知道風暴就要來襲。

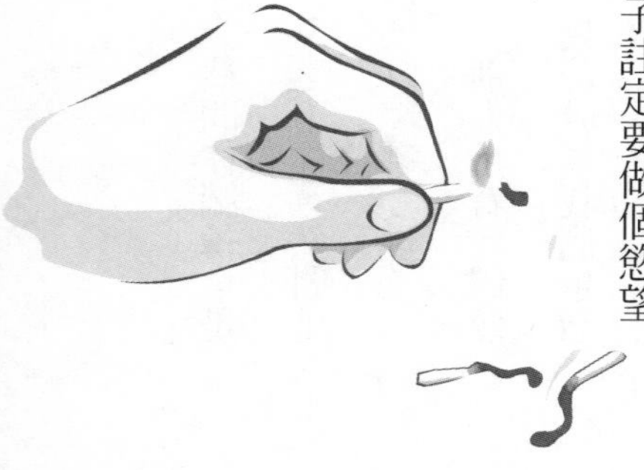

上癮的滅火器

一夜情不只是興趣，更有可能是一種習慣，只要生理一有所動靜，腦袋所給予的反射答案就是「一夜情」，一夜情是性飢渴的滅火器，可以防止小小的意外災害，卻終究阻止不了慾望的燎原星火。

不少有過一夜情經驗的人都表示，「一夜情是會上癮的。」就像生病吃藥一樣，如果某一次生病的時候你服用了這種藥，它有效的舒緩了你的疼痛，那麼之後你只要再感覺到相同的毛病，你一定第一個想到這種藥，漸漸的，你對它的依賴越來越深，你的生活將完全被它所主導。

弔詭的是，如果這種藥真的有效，為什麼你一吃再吃，你的毛病卻還是一犯再犯？可見它的功效有限，治標不治本，而你再緊緊捉著它不放，只會錯過世上真正有療效的千年靈芝。

一夜情ONS方塊書

爸爸帶著五歲大的小兒子剛坐完公車回到家，
兒子對媽咪說：「剛才坐公車的時候，爸爸叫我起來讓座給一個很美麗的阿姨せ！」
媽咪聽了，心平氣和的說：「你爸爸這麼做是對的，讓座是一種禮節，男人要有風度，所以從小就要教你讓座給女人。」
兒子一臉疑惑的說：「可是……我是坐在爸爸的大腿上啊！」

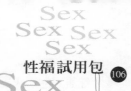

一夜情是性壓抑的土石流

這個禮拜台北溫度直線升高，高傑懷疑自己得了強迫症，更變本加厲的上網去尋歡作樂。

「會上交友網站的人不一定長得美或醜，但是肯定都很寂寞。」高傑說。

「而且她們大多很浪蕩。」我附加一句。

「喔，不不不，你這樣的觀念完全錯誤，她們上網去交友，只是因爲她們在現實世界裡交不到朋友。我曾經在網路上認識一個小學老師，她不食人間煙火，清純得像朵蓮花，看起來好像活在瓊瑤的小說裡，我和她出去了三次才牽到她的手，花了半個月的時間才盜壘成功，只可惜……」

「只可惜她不是你的Style?」

「只可惜她跪著的時候嘴巴死也不肯張開。」高傑露出一副往事不堪回首的表情，「不過，這只是特例，網站上的好貨色還是很多，她們新潮開放，講求效率，連Sex也可以虛擬，網路是她們通往自由的門戶。」

「更大的可能是你會遇到一群嫁不出去的老姑婆，她們寂寞難耐，胃口正開，渴望有人從背後抱住她，熱衷網交是因爲她們無時無刻不想要，網路是她們遮醜的面紗，也是她們唯一的出路。」

「嗯，這有可能，所以你約網友見面時一定要囑咐她帶朵花，然後策略性的遲到幾分鐘，躲在角落裡偷看她長得怎麼樣，如果她美若天仙，你立刻捧著一束玫瑰走向她，告訴她我遲到正是因爲花了太多時間一朵一朵親自挑選這束玫瑰送給妳；如果她長得像恐龍化石，你要立刻帶上防毒面具逃離現場，出於道德勇氣，你全身而退之後還是必須打個電話，告訴她你肚子痛，大便時屁股卡在馬桶裡，短期內都無法走出洗手間（因爲你想到她的尊容就想吐）。」

「所以上網交友的目的，最終還是爲了認識美女以及一夜情。」我的語氣像極了一聲嘆息。

「你書唸得太多，所以喜歡在每件事情上面加上自己的價值判斷。其實一夜情不過是出於人類本性，只是一直以來都受到四書五經的壓抑，性對一個中國人來說，像貪污，你可以偷偷進行但是不能東窗事發，像痔瘡，每個有的人都不肯承認自己有，像玉米濃湯，你大快朵頤卻說不出來裡面加了什麼料，像馬桶刷，明明是必需品但是卻又拼命嫌它髒。但是現在時代觀念已經不同，性這檔事純粹是一種享樂，一種調劑，一種情趣，自然得就像刷牙洗臉沖馬桶，你想想，這條沉睡了五千年的巨龍一旦甦醒，會有多強的爆發力？」高傑一面上網一面分析。

「等一下」我搶過滑鼠，「這個『深夜的哀怨』長得好像我的高中同學！」

「那你應該留下你的資料和她重續前緣，不過，別抱太大的希望，在網路上貼的照片有絕大多數不是眞的。」

「沒關係，我們可以點選她的心情日記，看看她是一個怎麼樣的人。」我按了兩下滑鼠左鍵，螢幕跳出了另一個視窗，「你看……」

「在深夜裡，你正在做些什麼？

想不想去個有趣的地方，玩個有趣的遊戲？

免費的香煙和酒精，

唯一的條件是你要能夠勃起。

台北第一怨婦，

正在床上等你……」

我被口水噎到，拼命咳個不停，高傑連忙傳送出自己的資料，像狼一樣呼嘯，唉！一夜情的氾濫，原來是中國人五千年多來性壓抑的結果。

為什麼不？

物極必反、負負得正，任何走極端的東西都總有一天會崩盤。

中國人自古民風淳樸，要求女人三從四德，男人三妻四妾卻一個接一個，表面上性是個禁忌，實際上萬花樓的生意比書院還好，既然性只是人類與生俱來的自然本能，為什麼做得到，卻又說不出？為什麼能看不能言？為什麼家家戶戶都知道，卻又口口聲聲說不得？

因此，在五千年後的今天，我們不只要做，要坦蕩蕩的做，要光明正大的做，更要盡其所能的做，挑戰倫理道德的界線，挑戰孔老夫子的教誨。

你問我為什麼要有一夜情，我更想反問你，為什麼不要有一夜情？

一夜情ONS方塊書

錢財、桃花，這兩樣東西是最多人夢寐以求、想盡辦法要得到的。

問題是，人們偏偏就喜歡選擇對他們最沒有好處的東西。

一夜情是性高潮的海盜船

這個禮拜開始下起午後雷陣雨，高傑的新秘書是個「白襯衫女子」，再次喚起男人的獸性，挑戰男人的劣根性。

「天哪！她好辣。」高傑說。「她才剛剛從大學畢業，是外文系的高材生，不管刮風下雨都穿著同一種款式的白襯衫，隱隱約約可以看到裡面胸罩的顏色，領口的第一顆鈕子沒扣，短裙窄得像是隨時都可能爆開，當她蹲下時周圍的男人都會同時起立，當她站起來，所有的同事都會向她行注目禮，當她離開座位時，每個人都盯著她的背影，看看她會不會不小心掉出一塊衛生棉，當她回到位置，全部人都在竊竊私語，打賭她穿的是哪一個牌子的絲襪，爲什麼小腿看起來完全沒有一點蘿蔔？」

「這樣的極品你怎麼能放過，好歹你是她的直屬上司，比其他人更容易製造機會，可以假公濟私一逞你的獸慾！」

「我本來也是打算近水樓臺先得月，可是她卻表現得一點都不情願。星期一下了班我約她去看電影，她說她姊姊生孩子她要趕去醫院；星期二我約她去洗溫泉，她說她那個來上陽明山不方便；星期三我約她加完班以後去吃宵夜，她說她正在減肥七點以後不進食；星期四我約她去貓空泡茶，她說她不喝任何飲料只喝法國進口的礦泉水；星期五下大雨，我問她要不要順便送妳回家，她微笑的說她有一台Smart停在地下室的停車場，我只好棄械投降。」

「你就這麼連續碰了一個禮拜的軟釘子？」我聽不下去，「眞是有失你的水準！」

我了解，追求這種白襯衫女子有一定的難度，她們的內心和衣服一樣純潔，要的是談戀愛而不是一夜情，性高潮對一般人來說是海盜船，可以享受向上飛向下衝的快感，但是白襯衫女子大多心臟不好，她們拒絕重力加速度的激情，仍然停留在玩咖啡杯的純情歲月裡，這樣的女人不好釣，但是也只有這種女人，才是你一生的依靠。

幾天以後，我和高傑見面，他神采飛揚的告訴我：「追求白襯衫女子雖然有一定的難度，但是只要脫下她們的白襯衫，你會發現她們裡面是火紅的黛安芬，和其他女人沒什麼兩樣。她們要的雖然是戀愛，但是感覺對了也不排斥一夜情，她們這輩子遇過的男人都像咖啡杯一樣無聊，所以更渴望海盜船式的翻雲覆雨，這樣的女人不好釣，但是也只有這樣的女人，才是男人追逐的目標。」

「言下之意，是你們已經……」

「說來話長，昨天下午我和她一起搭電梯，電梯裡雖然只有我們兩個人，我們卻矜持得好像有幾百隻眼睛在看，突然整棟大樓停電，電梯停在半空中，我們就在電梯裡……整整被困了兩小時，我到現在還忘不了她夾在我腰間的那一雙長腿。」

我和高傑都沒有說話，一個人回憶一個人幻想，在黑暗電梯裡的激情。

有些時候，老天就是這麼會開玩笑，你以爲你追求的是白雪公主，沒想到她搖身一變變成潘金蓮，你四處打獵尋找新鮮，沒想到好不容易追到手的女人竟然已經發霉，你以爲你中了統一發票兩百萬，信用卡刷爆了以後才發現這張發票是上一期，你以爲你站上了人人稱羨的雙子星從此俯視世界，沒想到卻遇到了恐佈份子的自殺飛機，你以爲你坐上的是海盜船，沒想到卻是自由落體。

於是，你一路往下衝，最後一頭栽進泥巴裡。

做愛的感覺

許多人問，做愛是什麼樣的感覺？性學專家說，做愛的感覺就像雲霄飛車一樣，那麼，一夜情又是什麼感覺呢？如果說做愛像雲霄飛車，三百六十度大轉彎然後直線往下衝，那麼一夜情的感覺就會像是海盜船，一波接著一波，一瞬間飛上天堂，一瞬間落入地獄，帶著可預期的刺激。

初識的驚喜是最好的春藥，第一次總是特別令人難忘，因此，一夜情為你和許多人製造了共同的第一次，一夜情是性高潮的海盜船，永遠新鮮，永遠刺激，更棒的是它不必綁安全帶，沒有承諾的束縛，卻多了幾分罪惡的快感。

一夜情ONS方塊書

問：「新婚丈夫和新養的狗有什麼差別？」

答：「一年之後狗看到妳還是一樣興奮。」

問：「是什麼讓男人去追求自己並不想娶回家的女人？」

答：「是什麼讓狗去追自己不想開的汽車？兩者是一樣的道理。」

問：「無神論者的最大的煩惱是什麼？」

答：「性高潮的時候，沒有人可以呼喊。」

一夜情是城市裡的高爾夫

這個禮拜台北的紫外線過量，高傑軍情告急，半夜三點來我家按門鈴。

「我有麻煩了！」他喘著氣說，「我和白襯衫在電梯裡磨蹭，第二天全公司同事看我的眼神都好像我頭上頂著一坨糞，我還聽到風聲，說白襯衫在茶水間裡大談我們之間的風流韻事，現在只要看到我走出經理室，全公司都會先停格五秒鐘，然後才恢復正常動作。」

「這沒什麼大不了的，臉皮厚一點就撐過去了。說不定是白襯衫不甘心做個地下夫人，想藉由輿論壓力使你們的關係浮上檯面，讓你們的辦公室戀情變得名正言順。」

「是這樣就好了，問題是你知道白襯衫她是怎麼說我的嗎？她說、她說……她說我像一支喝珍珠奶茶用的吸管！」

高傑痛哭失聲，我試著憋氣不笑出聲。

有些話，永遠都是男人的致命傷，女人千萬不能講，就算講了也不要被當事人聽到。

例如，「你是個扶不起的阿斗。」例如，「我以前的男朋友都比你好！」例如，「某某某的男朋友很會賺錢，你爲什麼比不上他？」例如，「我眞不明白你以前的女朋友怎麼會看上你！」例如，「你這種人還能有什麼理想？」例如，「你太窮」，例如，「你太矮」，例如，「你有點小」。

「她這麼說實在太過分了！」我大聲嚷嚷。「一夜情也應該有一夜情的道德，背上的癬、屁眼的瘡、胸部的矽膠、尺寸的大小都應該在保密範圍內，一夜情是就像在城市裡打高爾夫球，目的只在強身健體、調劑身心，何必吹毛求疵、論長論短，只要能一桿進洞，球具的Size根本不重要，反正又不是要用一輩子。白襯衫太沒有運動家的風度了，你應該要取消她的參賽權。」

「但是現在木已成舟，人盡皆知，我該如何挽回？」

「事關男人的尊嚴，你要先謀定而後動。首先，在全公司面前責備白襯衫做事笨手笨腳，製造出你們相處不睦，她對你懷恨在心的假象，然後到花店訂一束花，簽收人寫你自己，卡片上寫著「今晚有空嗎？我很想念你的King size。」署名「愛你的娜娜」，讓全公司的人都懷疑白襯衫在說謊，謠言不攻自破。」

「送花給我自己？你確定這樣眞的有效？」

「爲了以防萬一，你還要先下手爲強，嫁禍到白襯衫身上，故意對你身邊的幾個心腹吐苦水，說白襯衫企圖挑逗你被你拒絕，現在你不知道該如何面對她。他們聽了一定會唯恐天下不亂，向你坦承你的說辭和傳說中的版本不同，此時你故作驚訝，萬分悲慟的說我沒想到我的秘書居然是這種人，讓整件事情變成白襯衫由愛生恨、無中生有的羅生門。」

「想不到你的心機這麼重！我雖然無恥但是還有一點良心，這麼惡毒的陷害我做不到，你還有沒有其他的法寶？」

「開除她，讓所有的風風雨雨隨著她的離開而消失，你可以繼續過你的

太平日子。」

「這樣會不會很自私？」

「她把你當成笑柄，你把她當成十八洞，你以爲你們還可以繼續共事彼此相安無事？開除她是一勞永逸，把傷害減到最低的辦法。」

「眞的？」

我堅定的點點頭，知道高傑明天將有一場硬仗要打。

騙術

根據統計，男人想騙女人一夜情最常使用的話術是：「性愛不過是一場運動，大家一起開開心心流流汗而已，之後沖一沖涼通體暢快，你根本沒有什麼損失！」

一夜情是 121
城市裡的高爾夫

如果性愛是一種運動，你認為是哪一種運動？籃球、排球、棒球、足球，這些運動都是團體遊戲，用來比擬性愛太噁心，撞球的節奏不夠緊湊，不然它的意境倒和性愛十分合拍，保齡球太過沉重，否則用保齡球跑道來聯想也可以天衣無縫，網球和桌球是遠距離運動，雖然雙方你來我往，輪流出招，但是隔了一面網感覺還是不夠貼切。

一夜情，應該像是一場高爾夫，男人是球，女人是坑洞，男人用盡全力把自己發射出去，為的只是能一桿進洞，乾脆俐落，高爾夫是有錢人的運動，而一夜情只有瀟脫的人才玩得起，兩者皆有資格限制，不夠資格的人，最好還是站到一邊去！

沒有愛的性，是一場運動，只有含著愛情成份的性，才能成為一種互動。

一夜情ONS方塊書

問：「女朋友和老婆有什麼差別？」

答：「差15公斤。」

問：「那麼男朋友和老公有什麼差別？」

答：「差45分鐘。」

問：「男人對女人講話不正經叫做什麼？」

答：「叫做性騷擾。」

問：「女人對男人說話不正經叫什麼？」

答：「叫做0204。」

問：「怎樣知道你的老婆已經去世？」

答：「性生活沒改變，但碗盤很久沒人洗了。」

問：「怎樣知道你的老公已經去世？」

答：「性生活沒改變，但遙控器終於落到妳手上了。」

一夜情是不會蛀牙的棉花糖

這個禮拜台北一連七天沒有下雨，高傑開除了他的秘書，我則踏進了另一座感情的牢籠。

「她是誰？」高傑質詢的語氣像市議員。

「迴轉壽司。」

「你要告訴我你正苦戀的是一種食物？」

「她是我家巷口迴轉壽司店裡新來的服務生。」

「每一家餐廳都有服務生，你喜歡她什麼？難不成你也是一頭沙豬，看到女人端茶送水、洗碗掃地就會勃起？」

「呸呸呸！我豈是那種人？我愛上她的原因，是因爲我和她有了第一次親密接觸。」

「哇！失敬失敬，想不到你的手腳這麼快！」

「你想到哪裡去了！不要汙衊我們之間純純的愛。我吃完壽司到櫃檯結帳，她找錢給我的時候我碰到了她的手指，大概是因爲銅板的關係吧！她的手異常冰冷，這是我第一次接觸到她，然後在我腦海裡閃過的，是『親密』兩個字。」

說完，我看看高傑，他竟然已經睡著，我沒好氣的把他搖醒，「喂！你到底有沒有在聽啊！」

「你的故事太無聊了，根本只是你自己在唱獨角戲。你聽好，愛情不是一個人，而是兩個人的遊戲，你喜歡她就應該讓她知道，每個人都有知的權利。」

「但是我比她整整老了十歲，她頭髮長眼睛大，我頭髮禿肚子大；追她的男人一人吐一口口水可以把我淹死，喜歡我的女人從我小學時代到現在總數加起來平方以後乘十倍還是等於零；她喜歡安室奈美惠，穿的短裙遮不住屁股，我懂的只有獅子會和紅十字會，牛仔

褲的褲管還停留在小AB；她穿皮鞋不穿襪子腳踝上刺著一朵花，我連夏天也穿長統襪，不小心兩隻腳還會穿成兩個顏色；她熱情洋溢，每個禮拜固定上三次健身房，我好吃懶做，連捷運站的樓梯也懶得爬；她甜得像蜜糖，我卻渺小得像空氣，我們一個是天，一個是地，根本不會有交集。」

「誰說的？你知道糖和空氣加起來會變成什麼嗎？」

「變成什麼？」

「會變成棉花糖。她有她的優點，但是你也有你的長處，你是公司主管年薪超過百萬，而她只是餐廳的工讀生一個小時八十塊；你到過日本、瑞士，還有義大利，她連澎湖在台灣的東邊還是西邊都搞不清；你懂得欣賞古典樂，還曾經和馬友友握過手，她唯一感興趣的只是F4的演唱會；你出手大方，買幾萬塊的衣服也不手軟，她經濟拮据，常去逛街的地方只有松山的五分埔。你們一個是天一個是地，但是加起來剛好可以互補，你們的愛情會像棉花糖一樣繽紛夢幻，你可以綜合她的甜膩，她恰好掩飾你的無趣，還有什麼人比你們更稱得上是天生一對？還有什麼人比你們更適合被送入洞房？還有什麼理由可以阻止你們相依相偎？」

高傑的話雖然讓我心動，但是我卻沒有勇氣行動。萬一我還沒開口她就對我搖頭？萬一我開了口她說她已經有男朋友？萬一我去她家被她媽媽誤會是小偷？萬一她來我家被我爸爸聞到她有腳臭？萬一我脫掉她的衣服發現她的胸部長滿瘤？萬一她脫掉我的衣服發現我的肚子像顆球？萬一我們認清對方的眞面目以後都嚇得屁滾尿流？萬一我們相處得水火不容……

「你想太多了！就算你們眞的水火不容，至少你也應該先上了再說，你們的愛情是棉花糖，你們的一夜情更是不會蛀牙的棉花糖，既有美夢成眞的感覺，又不會有屁股沒擦乾淨的煩惱。踏出第一步總是令人疑慮，但是只有踏出這一步，你們的故事才能夠繼續下去。」

高傑拍了拍我的肩膀，在我耳邊催眠般的說：「Just do it！」

我走出家門，一步一步走向巷口的迴轉壽司，棉花糖擱置太久會溶化，我要把握現在一口吃下它！

愛情的片刻

夢中情人未必能長相廝守，但是一夜情卻能使短暫的愛凝結成為永恆。

相愛容易相處難，台灣每八十六分鐘就有一對夫妻離婚，失戀的人數可以組成一隊聯合國的軍隊，當愛情已經沒有保障，當承諾只是可笑的謊話，我們還有什麼勇氣追求真愛？在這個女性走上街頭高喊「不要性騷擾，只要性高潮」的同時，也越來越多的年輕人主張「不要愛情，只要一夜情」。

同樣的，夢幻般的棉花糖，同樣有甜絲絲的味道，同樣是吃在嘴裡甜在心頭。愛情有太多的後果需要收拾，有太多的悲劇伴隨而來，而一夜情是不會蛀牙的棉花糖，不要責怪我們貪圖享樂，我們只是想濃縮愛情於片刻，不讓它有變壞的可能。

一夜情ONS方塊書

在一艘豪華遊艇的甲板上，一位先生發現不遠處，有位小姐一直盯著他看，他被看得很不自在，於是，便走過去問那位小姐：「你一直盯著我看，請問有什麼問題嗎？」

小姐搖了搖頭，回答道：「沒什麼，只是你的樣子像我的第一任丈夫。」

於是，這位先生關心的問：「那你的丈夫怎麼了？他去世了嗎？」

小姐低著頭說：「不是。」

這位先生繼續追問：「那你們離婚了？」

這時，小姐很不好意思的說：「嘻嘻，哪裡的話，我還沒有結婚呢！」

一夜情是生魚片上的哇沙米

這個禮拜晴空萬里，天空藍得沒有一片雲，我趁著打烊時間在迴轉壽司的店門口等她下班，她一出來，我立刻送上一束玫瑰花，外加一份誠心誠意的邀請，她緩緩點頭的動作看起來有些靦腆，從那個時候起，我的心臟沒有跳準過一拍。

整個禮拜，我隨時提醒自己縮小腹，飯後一定記得清理牙縫裡的殘渣，頭髮總是抹得晶亮，像是打過蠟的眞皮沙發；我開始脫下一成不變的西裝，試著搞懂CHIC CHOC是一種化妝品，YAP是服裝的牌子；我開始背徐志摩，必要時情話可以串成一篇論文，每天固定坐在窗前發呆一刻鐘，培養文藝青年看到落葉會流淚的氣質；我練習看韓劇，搞懂恩熙和俊熙到底是什麼關係，甚至學會唱主題曲，這一切的努力都只爲了即將到來的星期六，我和迴轉壽司的第一次約會，我們即將要共譜的戀曲，前奏從這裡開始。到了星期六下午，我按照高傑幫我編排的劇本，一步一步沙盤推演，我準時把我的525停在迴轉壽司家門口，開車門的姿勢學麻雀變鳳凰裡的李察吉爾，上車後體貼的幫她調整椅子的角度，順便稱讚她的腿很長，坐在這台小車裡眞是委屈妳，將來我買台加長型房車讓妳做我的少奶奶。

接著我們開車揚長而去，來到陽明山的秘密花園喝下午茶，幻想這是我家的庭院，七老八十了我們還可以坐在一起喝Latte，接著我們到擎天崗散步，山路崎嶇我自然而然握著她的手，她笑說你是不是存心要吃我豆腐，我得意忘形，誇口說出排隊等著和我牽手的女人還有很多，我何必吃妳這塊臭豆腐，她假裝生氣用力甩開我的手，我趕緊求饒說妳這個小氣鬼，將來有誰敢娶妳進門當媳婦，此時我們十指緊扣，天邊出現了一道彩虹。

我們手牽手躺在草地上，享受著微風輕拂，我拿出事先準備好的禮物送給她，她又驚又喜，拆開包裝發現是一枚蝴蝶樣式的髮夾，我說我走遍了整個新光三越，覺得這個最適合妳，夾在頭髮上使妳顯得更加輕舞飛揚，她想像著我這個大腹便便的老男人穿梭在百貨公司專櫃的模樣，撲倒在我懷裡感動得說不出話，殊不知這只是高傑提供給我，某個女人

一夜情是 131 生魚片上的哇沙米

忘在他家的紀念品。

天色漸暗，我們繞到濱江街去看飛機起落，我向她介紹這是我的秘密基地，全台北市這裡的飛機和人的距離最近，我們買了「台灣第一家」鹽酥雞，她十分鐘之內嗑完整包，然後把油油的手指往我衣服上抹。我們把椅背往後，並肩躺在車子裡，天窗慢慢的拉開，一架飛機飛過，近得好像一伸手就可以觸及，我看了看手錶，現在時間是二○○三年七月七日七點○七分，我會永遠記得這一分鐘我和我最愛的女人一起共度，雖然我不是李奧納多，但是我的感覺「像是The king of the world」。

我們看飛機看到脖子僵硬，她說她的夢想是有一天能夠坐飛機去到北極，我正在思索哪一家賓館離這裡最近，爲了轉移自己的注意力，我提議去基隆廟口補充體力，她推薦我二十二攤的豬腳一級棒，還P.S.附帶說明她做的德國豬腳也毫不遜色，我笑說妳這麼自吹自擂，是不是想毛遂自薦，讓我相信妳是個賢妻良母?!她低頭不語，兩頰浮上一片紅霞，迷人得像是洞房花燭。

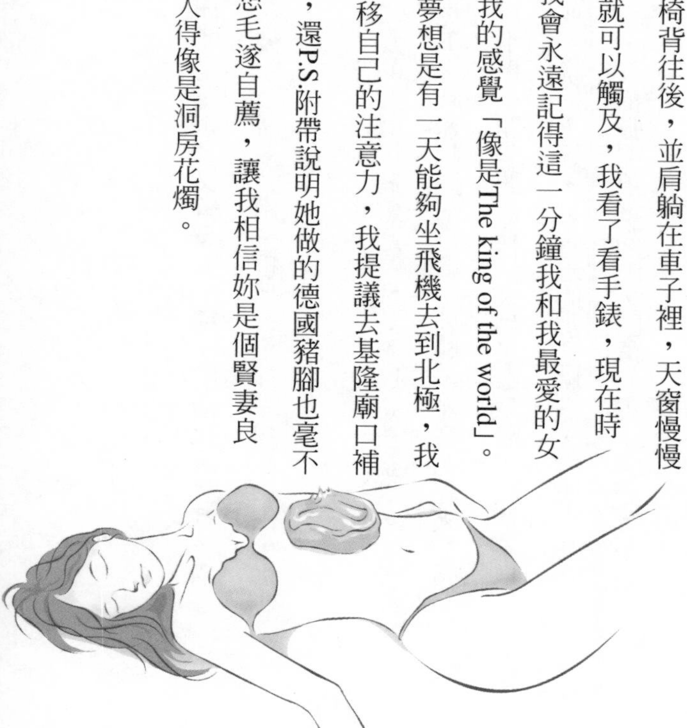

來到基隆廟口，我們爭論哪一家泡泡冰才是正宗，又爭辯哪一種三明治比較營養，講到最後她說她口渴想喝彈珠汽水，我們兩人公家一瓶，共用一根吸管，你一口我一口，從哪裡看來都是幸福恩愛的小倆口。

快樂的時光總是短暫，眼看著午夜十二點的鐘聲即將響起，我說今晚這麼盡興，不如開車上高速公路兜風，我們沿著公路一路往下，時速超過一百二，她雙手舉高站起來把頭伸出天窗外，一邊歡呼一邊對著測速照相比中指，開著開著我們來到了翡翠灣，我情不自禁的說今晚夜色這麼美，我們到福華飯店住一晚好不好，她害羞的別過臉去，左思右想考慮了好一會兒，接著對我伸出她白皙的右手，五指張開手掌朝上，認眞的說：「好，不過一次五千塊，先給！」

我當場被嗆到，像吃了一大口生魚片上的哇沙米……

眼淚撲簌簌的流下來。

你敢不敢吃哇沙米？

有沒有想過，多少人朝思暮想的一夜情也可以很煞風景？

當你想的是愛，他想的卻是性，當你講的是情，他講的卻是金，當兩個人沒有交集，沒有共同的話題，一夜情究竟還能有多少樂趣？

一夜情是生魚片上的哇沙米，喜歡的人愛不釋手，不喜歡的人卻被嗆得流淚，一口也嚥不下去；接受的人認為這純粹是個人選擇，是非對錯與人無由，不接受的人卻口誅筆伐，高呼世風日下道德淪喪，這是什麼社會！

社會上有各式各樣的人，也有各式各樣的聲音，兩個喜歡哇沙米的人可以在一起大快朵頤，兩個不喜歡哇沙米的也可以退避三舍，敬謝不敏，最糟糕的是兩個人有緣千里來相逢，卻一個喜歡、一個討厭，最後一個吃不到，一個被嗆到，辜負了良辰美景，這才真的是太煞風景。

一夜情ONS方塊書

有一隻母螃蟹看到一隻直著走的公螃蟹。

這隻螃蟹看起來雄糾糾、氣昂昂，而且還會直著走路，母螃蟹心想：「這隻螃蟹實在太酷了，我一定要嫁給他！」

沒想到結了婚的隔天，母螃蟹發現那隻公螃蟹和其他螃蟹一樣，也是橫著走的。

母螃蟹百思不解，就問他：「你昨天不是直著走的嗎？」

公螃蟹回答：「親愛的，我怎麼可能每天都喝的那麼醉！」

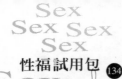

一夜情是棉被裡的SKⅡ

這個禮拜我完全不關心天氣，想不到我和迴轉壽司的戀曲只是一場鬧劇，整個禮拜，我的心都在下雪。

「別難過，說不定她和你要錢只是想試探你是不是正人君子，過了兩天她就會回來找你。」高傑試圖安慰我。

「可是她一見我沒有掏錢的動作，立刻就出手甩了我一巴掌，警告我別妄想可以白嫖。」我指給高傑看我臉頰上清晰的五個手指印。

「說不定那是她的職業病，等她想通了自然就會改邪歸正，重新回來愛你。」

「但是她說一夜情是她的終生職志，她不想浪費時間和我玩談情說愛的小學生遊戲，還說……」

「我懂了！」高傑打斷我，「她是把一夜情當成了SK II。」

「你是說她和男人一夜情爲的是要買SKII？」

「不不不，對她來說，一夜情就已經是SK II，讓她即使一天只睡一個小時，都仍然能保持晶瑩剔透。」

「你的意思是……」

「她把一夜情視爲一種流行，一種信仰，一種保養，一種習慣，別人有什麼她也要有，她已經完全被廣告洗腦，不管效果是否眞的那麼神奇。」

「所以我只是她的……」

「沒錯，你只是她的化妝棉。」

我想起我和迴轉壽司共度的那個下午，那麼刻骨銘心如何能看得雲淡風清？我想起她的聲音，她的身影，她的表情，她走路的樣子像在跳舞，只要路邊有凸出的地方就會站上去，要我扶她的手假裝在演韓劇，我故意從背後推她一把嚇她，她失去平衡跌倒在我懷裡，我把她整個人抱起，在大馬路上興奮的一邊旋轉，一邊高呼「這是天上掉下來的禮物。」

想我和她坐在露天咖啡座裡，她一杯咖啡要加三顆奶球，每喝一口就皺起眉頭抱怨「好苦」，可是她仍然一口接一口，喝完了還規定我要給她拍拍手。想我們躺在草地上，玩「眞心話大冒險」這個老掉牙的遊戲，她問我爲什麼七老八十了還不結婚，難道不怕將來變成獨居老人，我回答她我並不是人盡可妻，何況你以爲全世界的女人都像妳這麼有吸引力？問完我之後她選擇「大冒險」，我開玩笑要她示範最拿手的做愛姿勢，想不到她竟然當眞，不顧旁邊還有其他的遊客，她從容自在的跨在我的腰上劈腿。

想我們在文化大學的山腰看夕陽，她說南美洲有個傳說，只要在夕陽沉入地平線的那一剎那說出你的願望，願望就可以實現。我們一動也不動，四個眼睛專心的盯著太陽，在

太陽消失的瞬間，我閉上眼睛，在心底默默的說出了我的願望……，然後我們同時張開眼睛，在夕陽餘暉的照耀之下，她的臉泛著天使般的光輝，我們互相凝視著對方，我手心冒汗，正猶豫著該不該吻她，結果她卻蹲下身去撿路邊的小花。

想我開車的時候她坐在我旁邊的位置上，我左手握著方向盤，右手與她十指交錯，車上放著瑪莉亞凱莉的「Without you」，她說你喜歡聽這麼悲情的歌不怕變成神經病，改天我帶你去跳舞好好解放你，我說妳經常出入聲色場所不怕被人當成不良少女，她斥責的捏我的大腿，皺著鼻子說你想到哪裡去，我說的跳舞是帶你去健身房跳韻律舞。

想我們漫步在夜晚的沙灘上，她低頭撿地上的貝殼，我抬頭數天上的星星，她是如此天真爛漫，撿來的貝殼塞滿了我Armani褲子口袋，想她在高速公路上歡呼的聲音，想她在收到禮物時驚喜的眼神，想她望著夕陽虔誠的表情，想她工作時投入的專心，想她會微笑的眼睛，想她腳踝上的刺青，想在收銀機前，我和她第一次的親密接觸……。

想那一天，我們在文化大學的山腰上，在太陽消失的瞬間，我閉上眼睛，在心底默默的說出了我的願望……，希望她永遠都能這麼快樂。

廣告大多都是不實的

當一夜情已是一種人人皆知的文化，你不能否認它未來有可能成為一種全民運動，有人樂在其中，有人躍躍欲試，有人旁敲側擊，有人儼然是箇中高手。

嘗試過一夜情的人大多有一個相同的理由——好奇。當一夜情被人談論得這麼徹底，當一夜情被人詮釋得這麼仔細，當一夜情成為了流行的產物，你當然會渴望揭開它的面紗，自己親身體驗。

一夜情就像是廣告上的化妝品，每個人的臉上看起來都是這麼的白皙無暇，這麼的晶瑩剔透，不過，請記得，那只是廣告，不是真實的人生。許多東西，都要親身體驗過才知道，但是一旦親身體驗之後，卻又往往後悔莫及。

一夜情ONS方塊書

愛情的規則是將一對陌生人變成情侶，再將一對情侶變成陌生人，
而一生一世的條件是那個人背叛了你，你卻仍然希望他回到你身邊。

一夜情是不打烊的7-11

這個禮拜氣溫超過三十度，我的心仍在滴血，高傑在7-11有了另一段艷遇。

「我正身處水深火熱，你怎麼可以這麼沒義氣，獨自一個人去享樂！」我大聲的指控。

「純屬意外，我最近已經相當潔身自愛，」高傑無辜的聳一聳肩，「半夜兩點，我突然覺得肚子餓，所以穿著拖鞋走到離我家最近的7-11，冰箱架上的御便當只剩下一個，我和她同時看到……」

「你爲了表現男人風度，當然要把最後一個御便當讓給她。」

「開什麼玩笑！我餓得要死，當然死抓著最後一個御便當不肯放！」

我皺起眉頭，「那麼你至少應該表現關心，建議她御飯團也不錯吃。」

「我說了，而且我還附加一句它的卡洛里很低不會讓妳發胖，結果她回答我說半個御便當的卡路里也不算過量，我家就住在樓上，要不要來我家我們一人吃一半？」

「她只是在找藉口把你弄到她床上！」

「我也以為是這樣，所以興沖沖的跟她上樓去，沒想到她根本沒有寬衣解帶的打算，到了她家以後，她請我坐在客廳的沙發，開了電視叫我可以任意轉台，然後她拿出兩雙筷子兩個碗，把便當裡的飯菜一樣一樣的分成兩碗，就連滷蛋也仔細的切塊。」

「聽起來她像是個乖女孩。」

「但是卻又沒有我想像的那麼乖，吃完飯後她從冰箱裡拿出兩瓶啤酒，倚在廚房門口說她請我喝酒，我也應該替她提供一些服務。」

「她要你陪她上床！」我驚呼。

「她只是要我幫她洗碗。」

「這個女人一點家事都不做，你應該離她遠一點。」

「不，你誤會她了，她說她不洗碗是因為手上有傷口，平時她連洗衣服都不用洗衣機。」

我微笑，要是能遇到這樣的女人多好……，高傑繼續說：「我走到流理台前，拿起菜瓜布開始倒洗碗精，她說她喜歡看男人洗碗時很用力搓揉碗盤的樣子，還說這會把你的衣服弄濕，要不要我的圍裙借你穿？」

「於是你穿上了她的圍裙，還順便脫下了她的衣服。」

「你終於猜對了，不過這次不一樣……」高傑意味深長的說。

「不一樣？你當然每一次都不一樣！」我諷刺道。

「我從前的激情都像在逛百貨公司，裡面賣的東西精緻高級但買回家以後一年用不上兩次，進去以後總是不停的看錶，提醒自己要在打烊時間以前出來，但是和她的感覺卻像是便利商店，裡面賣的東西不起眼但每一樣都是生活，我可以隨時進出，一點兒也不用心急，因爲她全年無休二十四小時不打烊。」

「你是說她家的大門敞開隨時歡迎你？」

「差不多就是這個意思，第二天早上我起來……」

「一切都變了樣，」我搶先說，「她把整顆頭靠在你肩膀上好像你沒有神經，滿嘴口臭卻還湊上來硬要你親，你上廁所時她在門外叨唸個不停，你穿衣服時她七手八腳好像你是三歲小孩，你說我趕著要去上班，她聽了以後抱著你大腿不放……」

「不不不，」高傑大笑，「不是你想的那樣，第二天早上我起來，她已經穿好了Prada套裝準備上班，她說你的牙刷毛巾都已經擺在浴室，沖澡時記得要把浴簾拉上，接著她化好妝把頭髮固定在頭上，隔著浴室的門說桌上有麵包牛奶你餓的話可以吃，我先出門你待會走的時候記得鎖門。」

「這怎麼可能？她聽起來像是個女強人，獨立能幹一點兒也不麻煩。」

「更棒的是她還非常細心體貼，中午吃飯的時候，她傳了一通簡訊給我，只有三個字，是男人最希望聽到的一句話。」

「她這麼快對你說『我愛你』？」

「不，」高傑一邊搖頭一邊傻笑，「她傳給我的三個字是『一百分』。」

「所以你覺得……」

「我覺得，一夜情也可以是一種高尚的行爲。」

有一夜情真好

「晚睡的鳥兒有蟲吃，晚睡的蟲兒被鳥吃。」用這句話來形容一夜情，真是再貼切不過。

一夜情的好處，是隨時可以方便取得，你不用每天早上八點等著叫女朋友起床，也不用趕在午夜十二點以前送灰姑娘回家，更沒有分隔兩地遠距離的危機，也沒有出差出國服兵役的阻絕，一夜情是不打烊的7-11，只要你肯穿上拖鞋出門去，馬上就可以到達目的地，難怪有人高唱著，「有一夜情真好……」

只是，便利商店終究只能提供你方便，你不能在裡面買到新鮮的海鮮，也無法在裡面吃到五分熟的牛排，在裡面遇到真命天子的機會，更趨近於零，它是你臨時的停車場，卻不是值得你停靠一生的港灣。

一夜情ONS方塊書

兩個酒鬼在一起喝酒，

其中一個說：「我真倒霉，我的老婆拿走了我所有的財產跑了！」

另一個酒鬼回他說：「老兄，你還是挺幸運的，我的老婆拿走了我所有的財產，但是她還不肯走！」

一夜情是漫漫長夜的快轉

這個禮拜雨下個不停，到了星期天終於放晴，我努力把迴轉壽司從心底抹去，但是我的軍師卻整個禮拜都沒有開手機。星期天下午，我和高傑約在國父紀念館慢跑。

「你跑到哪裡去了？一整個禮拜都找不到人！」我一邊跑一邊抱怨。

「我到御便當的家裡住了一個禮拜。」

「什麼？」我停下腳步，「這完全不像你的作風，難道你已經步入中年危機，身體需要大量性愛來提供氧氣？」

「別說了，」高傑嘆了一口氣，「我也不知道自己怎麼會對她上了癮。」

「讓我來當你的心理醫生，好好診斷你到底有沒有變態。你和我認識的許多三十歲男人一樣，你俊俏、多金，事業有成就，買得起卡地亞，你身上殘留著二十多歲的活力，又和四十幾歲的穩重沾了點關係，你瀟灑，玩過的女人可以坐滿一艘郵輪，你好色，坐手扶梯時會偷瞄上一層樓乍現的春光，你多情，至今還保留著初戀女友寫的信，你空虛，出國旅行時從不曾寄給誰明信片，你寂寞，家裡的肥皂越用越瘦，連晾在陽台的手帕都暗夜哭泣。你在人肉沙場上所向披靡，但在感情路上卻是一片荒漠，直到御便當出現，她具備了完美女人的一切條件又處處給你方便，她不設任何防線門戶對你完全敞開，更重要的是，她讓你予取予求卻又對你別無所求，她是一百分的女人，你當然會對她上癮。」

「但是我違反了一夜情的規則，一夜情只應該維持一夜，再下去就會泥足深陷。」

「規則本來就是用來打破的，既然你喜歡她，她也歡迎你，你們有什麼理由不能一夜又一夜？」

「是啊，我眞想和她一夜又一夜，和她在一起，我像回到了十七歲，我們牽手就能夠觸電，四目相接就已經臉紅，光是看著她我就能感受到幸福。閒來無事的時候，我們坐在沙發上看電視，兩人中間隔著一個抱枕，抱枕底下我的手放在她的大腿上，絲毫不敢輕舉妄動，好像她媽媽隨時會從廚房走出來捉姦。興致好的時候，我們就在家裡開音樂會，她用鋼琴演奏『卡農』，我在一旁用吉他伴奏，表演完了我上台獻給她一朵玫瑰，電視節目裡的掌聲如雷，鏡頭停留在她因感動而泛紅的眼眶。月亮出來的時候我們上天台賞月，一陣風吹來，她用顫抖的雙唇無聲的說著『好冷』，我說我的外套借你穿，然後拉開大衣，把她摟入懷中，月光把我們的影子拉得好長好長，兩個人的影子只有一個人的形狀。下雨的時候我們待在屋子裡跳舞，我們把手放在餐桌上，食指是左腳，中指是右腳，『碰恰恰、碰恰恰……』跳著跳著，我的手指沿著她的手臂一直跳到她的舞台正中央……」

「啊哈！」我打斷高傑，「被我抓到了吧！繞了一大圈，你最終目的還是那個！」

「那個當然是其中一部分，就算是古聖先賢也需要性愛作爲調劑，從前我把那個當作愛情的全部，女人的差別只在於罩杯和柔軟度，直到碰到御便當以後，那個的重要性降到了地下十八層，她像是我的親人，更像我前世的愛人，我們可以脫光衣服坐在床上討論家樂福大減價，也可以一邊看算命節目一邊檢查對方的屁股有沒有長痣，看到她撩起頭髮露出頸背，我想到只有生日時可以送她一串項鍊，看到她輕撫耳朵噴灑香水，我想到的只是要把天上的星星摘下來給她當耳環。若是她蹲下時露出她的乳溝，我唯一的反應是小心不要著涼，若是她換衣服時被我撞見，我只會對她說藍色和黃色很搭，妳今天看起來氣色眞好。」

「天哪！她徹底的改造了你，讓你不再滿腦子只有性……」我高興得喘氣，「再多說一些她的貢獻……」

「好多個晚上，我們一絲不掛的躺在床上，她的臉對著窗戶，閉著的睫毛像是一面扇子，我抱著她，讓她的背靠在我的胸膛，我們什麼也沒有做，就這樣相擁而眠到天明，我在想，結婚是不是就是這種感覺呢？」

「你是說你的GG緊貼著她的屁股，但是你……你們卻什……什麼也沒有做？」驚訝加上運動，我上氣不接下氣。

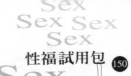

「性愛不是唯一，有的時候，我只是想要找個人陪我度過漫漫長夜而已。你說得沒錯，我好色，我多情，我空虛，我寂寞。我追求一夜情，並不是次次都想一炮而紅，我只想有個人陪在我身邊，雙腿與她交纏，肉體覺得溫暖，聽著另一個心跳聲，我的床單不再冰冷，我的黑暗不再孤寂，我的夜晚不再漫長，我的心房不再空洞。」

高傑語帶哽咽，我設法提高他的士氣，「別難過，反正你已經找到了你的眞命天女，從前的荒唐都已成過去，眞愛的幸福就要降臨，她不只是你的性中情人，更是你的心靈伴侶，什麼時候介紹我和她認識？」

「來不及了，她今天晚上就要飛到洛杉磯和她的老公團聚。」

高傑賣力的往前跑，彷彿用盡全身力氣，我看著他的背影，感到了一股前所未有的孤寂。

夜晚的快轉鍵

幸福的女人身邊有一個關心愛護她的男人，幸福的男人身後有一個照顧支持他的女人，而那些無依無靠的人們，只好在滾滾紅塵中，尋找一個可以共度一夜的人。

一夜情不只是幾秒鐘的解放，而是一整個夜晚的相依相伴，有人依偎有人靠，從腳趾一路暖到心房，讓黑夜不再漫長，一夜情是漫漫長夜的快轉。

一夜情ONS方塊書

男人花心而長情，女人專一而決絕。

愛情！男人要的是新鮮，女人要的是保鮮。

一夜情是酒精的副作用

這個禮拜的溼度很高，天上的雲越積越厚，高傑的傷心還沒有痊癒，我們一起到KTV爲逝去的戀情哀悼，我喝奶茶冰塊加到滿出來，上廁所忘了掀馬桶蓋，付錢時從皮夾掏出健保卡，唱「威廉古堡」眼淚一直掉。

「你怎麼了？」從KTV出來，高傑露出關愛的眼神。

「我還是忘不了迴轉壽司。」

高傑沒有說話，我猜他和我有同樣的心情，我們找了一家Lounge Bar，酒喝了一杯接一杯。

「難怪有人說，孤獨是從愛上一個人的那一刻開始的，只有當你眞正的愛過，才會知道什麼叫做寂寞。」我一邊說，眼淚一邊在眼眶裡打轉。

「有什麼好哭的？」高傑一拳打在我臉上，「不過是失戀而已，又不是世界末日，地球上的女人還有這麼多，你不可能一輩子都遇不到下一個。」

是啊，我三十幾年才遇到這麼一個，也許我六十歲的時候還會再遇到下一個。

「不要這麼沒有志氣。」高傑抓了一把花生，「你的條件不賴，只是方向一直搞錯，當然遇不到Miss Right。如果你想要的是平平順順的戀愛直到送入洞房，你就應該把每個對象的條件先仔細過濾，不要一煞到對方就盲目的一頭栽進陷阱裡。」

「你的意思是說，如果想談一場對的戀愛，就應該要先找到對的人來愛。」

「沒錯，就是這個意思。」高傑繼續發表他的高論，「一步踏錯全盤皆錯，戀愛的對象非常重要，首先要看面相，眉毛尖銳表示有主見，你這種小男人根本駕馭不了，所以眉毛的角度最好要彎得像兩根香蕉。再來要看眼睛，眼睛代表一個人的桃花，雙眼無神的女人不容易有桃花，你絕對可以放心的把她娶回家。接下來是鼻子，鼻子的根部稱爲山根，山根越高代表自尊心越強，她可能不會願意替你口交，也不會假裝高潮搏君一笑，想要女人叫你哥哥或皇上，你要注意她的山根是平原還是聖母峰。鼻子下來是嘴巴，這和面相無關，純粹是個人經驗，你要觀察她嘴巴張開時的口徑和容量，牙套會不會把你刮傷，舌頭可不可以把櫻桃梗打成中國結。面相看完了你要審核她的基本條件，年齡絕對是個問題，身高肯定是個關鍵，老少配的樂趣到最後通常只剩下遺產的分配，身高相差太多，你們的6和9加起來只剩下11。接下來是她的職業，有幾種女人你千萬不能娶，一種是護士，因爲她會對別的男人說『把褲子脫下來』，一種是老師，她的口頭禪是『做好一點，不然再叫你做一百遍』，一種是導演，她會隨時喊停，然後說『重來一次』，一種是網咖的服務生，她老是問每一個人『要不要上？要不要上？』」

「這個要看，那個要看，這個不行，那個不行，談戀愛哪來這麼多限制？」

「你就是因爲沒有限制，所以才會弄得草木皆兵！聽好，你要注意的還不只這些，當女人出現下面幾種行爲時，你要趕快鳴金收兵，這種女人你惹不起：

吃東西不閉嘴巴，一邊咀嚼一邊講話，不小心把飯菜一口噴到你的外套上。

你請她吃頓飯，她帶著一家八口赴宴，每個人還都點三千塊的牛排。

她不到四十五公斤卻一直挑剔自己胖，每餐飯後固定到廁所跪半小時。

她家浴室馬桶泛黃，廚房裡蟑螂亂爬，你可以在沙發的縫隙中拉出一條發霉的胸罩。

她趁你不注意的時候偷挖鼻孔，挖完還把鼻屎黏在你汽車的眞皮座椅下。

她在超級市場爲了一塊錢和店員吵架，去7-11時總不忘多拿兩包番茄醬。

她一身名牌貴婦裝，手上的鑽戒兩克拉，但是每個月的薪水只有兩萬八。

同事的手機響了人剛好不在座位上，她會很雞婆的搶著接，接完以後卻又當成沒有這回事。

她把歷任男友的相片一張張掛在房間的牆壁上，每逢初一十五燒香燭或是月圓的時候射飛鏢。

她在床上叫錯你的名字，自己到達終點後，馬上很不耐煩的問你好

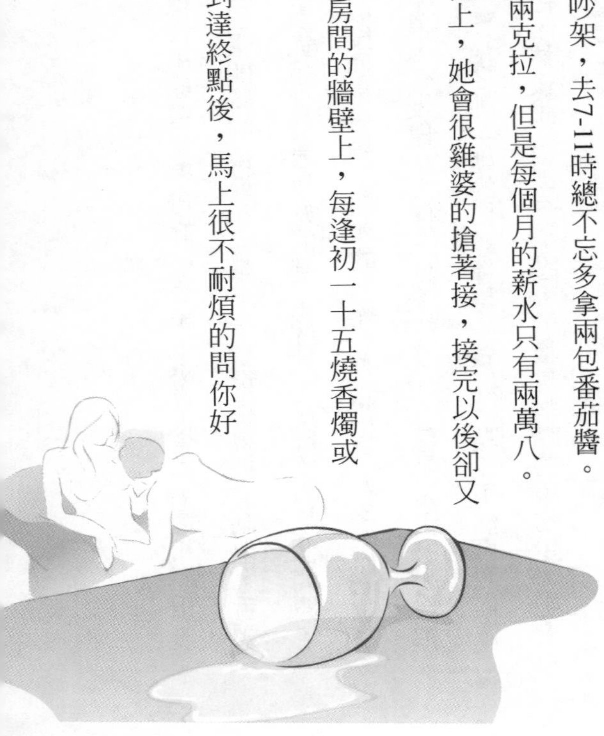

了沒?!」

「等一等，」我打岔，「你的次序完全搞亂，我還沒有確定她是不是我的Miss Right，怎麼能跟她上床?」

「次序搞亂的是你，我以前不是告訴過你，一夜情是性福的試用包，你當然要先和她上床，才能確定她是不是你的Miss Right。」

「那要是我和她上床以後才發現自己開錯獎了呢?」

「反正你喝了這麼多酒，做了什麼你自己根本不曉得。」高傑拋給我一個無辜的眼神，「喝醉了，是什麼都可能發生，也什麼都可以忘掉的。」

高傑舉起酒杯，一飲而盡，那一夜，他喝得很醉很醉。

第二天酒醒之後，我問高傑：「你忘掉了嗎?」

他苦笑。

酒精的副作用

酒使人迷失心志，幾杯黃湯就足以亂性，「酒後亂性」是不負責任的人最常用的藉口，把一切的過錯都推給酒精，難道酒會自己跑到你肚子裡去嗎？

「酒後亂性」的人多半也伴隨著「酒後失憶症」，他們天花亂墜的大開支票，甜言蜜語一吐就是一籮筐，但是隔天醒來，卻發誓自己一點印象也沒有，他說他不記得昨天晚上發生了什麼事，但是沒隔幾天，你會輾轉聽到他和朋友吹噓那晚你和他之間究竟發生了什麼事。

酒精往往會產生許多的副作用，糊裡糊塗的一夜情就是其中之一，當你還喝得不夠醉，你隔天會為自己前一晚的表現感到抱歉，當你已經喝得爛醉，你根本只想睡，又怎麼能容忍另一個人在你身上爬上爬下，或是把你翻來覆去，有過這種經驗的人說，酒精催化下的一夜情，是發洩，是迷亂，但絕對不會是一種享受！

做愛這種事，還是兩個人都清醒的時候比較有意思的。

一夜情ONS方塊書

問：天體營裡什麼樣的男人最受歡迎？
答：可以兩隻手各拿一杯咖啡，又可以同時拿一打甜甜圈的男人。
問：天體營裡什麼樣的女人最受歡迎？
答：可以吃到最後一個甜甜圈的女人。

一夜情是逼婚的殺手鐧？

這個禮拜台北熱得像烤箱，星期五是高傑的生日，我們決定舉辦一個派對狂歡。

派對的地點選在朋友家的別墅，裡頭有花園有泳池，還準備了特別節目，受邀的賓客包括蔡依林和徐若瑄，只是她們都沒有空出席。

星期五晚上九點，派對準時開始，參加的客人大多是我們小學到大學的同窗，很久不見，有人滿口英文，有人已經是四個孩子的爸爸，有人忙著推銷保險，有人拿著免費的香檳狂飲，有人坐在角落自閉，有人無聊到打瞌睡，現場一片酒池肉林、杯觥交錯，多麼悲慘的一群中年人！

看到大家都沒有搞頭，我連忙推出事先準備好的餘興節目，由一位朋友的妹妹友情贊助、跨刀演出。當游泳池旁的燈亮起，所有睡著的人都重新活了過來，一名穿著比基尼的美女出現在跳水的平台上，喔！她當然不是要在這種場合中表演跳水，她只是利用平台的支架作爲鋼管，音樂響起，幾台投射燈同時聚集在她臉上，只見她緩緩的扭動身軀，像條蛇一樣把身體纏繞在鋼管上，臀部扭動得像陀螺，表情狂野得像卡門，她的腿柔軟到可以把腳跟貼著後腦勺，當她順著鐵架滑下來的時候，上半身是一層層席捲而來的浪潮，許多人忙著從包包裡拿出自己的老花眼鏡。

鋼管女郎的雙腳才剛著地，她便一屁股坐到壽星的大腿上，在眾目睽睽下扯開高傑的領帶，拉開他的襯衫，她抽他皮帶的狠勁像在玩SM，拉下褲子拉鍊時全部人睜大眼睛，注意高傑的火山爆發了沒，鋼管女郎把高傑脫到只剩下一件四腳褲，自己坐在高傑身上磨蹭，彷彿四下無人，周圍的空氣越來越熱，高傑的頭頂開始冒煙，鋼管女郎的手漸漸往上蔓延，直到兩隻手緊緊圈住高傑的脖子，然後她用力一拉……

和高傑兩個人「撲通」一聲掉進游泳池裡，濺起了好大的水花，眾人拍手叫好，不一會兒，鋼管女郎率先冒出水面，手中高舉著一條四角褲，像拿著一面勝利的旗幟，有人被酒嗆到，有人笑到在地上打滾。一陣嬉鬧過後，他們兩個濕淋淋的人先行進屋去換衣服，過了不知道多久，我去催高傑出來切蛋糕，卻到處都看不見他的人影……。

第二天早上，高傑拎著一塊蛋糕來我家按門鈴。

「謝謝你替我準備的特別節目，我後來才想起來，還沒有跟你一起吃蛋糕呢！」高傑露出一排白牙齒，看起來特別的神清氣爽。

我揉著惺忪的睡眼，一邊刷牙一邊說：「是啊，我到處找不到人，你後來跑到哪裡去了？」

「我和奧莉薇在一起。」

「奧莉薇？」

「就是那個鋼管女郎，她的名字叫奧莉薇，我想，我找到我的眞愛了。」

我差點沒把牙刷整個插進喉嚨裡，「什麼眞愛？那只是一夜情，難道你這麼快就忘了御便當了嗎？」

「不，我沒忘，但是和奧莉薇在一起的時候，我一點也不會想到御便當，御便當成熟穩重，說話前三思而後言，奧莉薇熱情活潑，講話不經過大腦，卻格外坦率天真，御便當附庸風雅，走起路來輕飄飄的像個仙女，奧莉薇卻是個後現代主義，走起路來蹦蹦跳跳的像個精靈，御便當已經過了賞味期限，奧莉薇卻正含苞待放，御便當已經離我很遠，奧莉薇卻活生生的在我眼前。奧莉薇，我光聽到她的名字都會興奮，我想我是眞的愛上她了。」

「但是你不能愛她！」我高八度的語氣像高媽媽，「她是個鋼管女郎，有可能還兼職做援交。」

「昨晚只是她的友情演出，她的正職是健身房的韻律舞教練。」

「那更糟，她身邊每天都有川流不息的猛男，你哪一塊肌肉比得上人家？」

「但是她根本不把那些蒼蠅放在眼

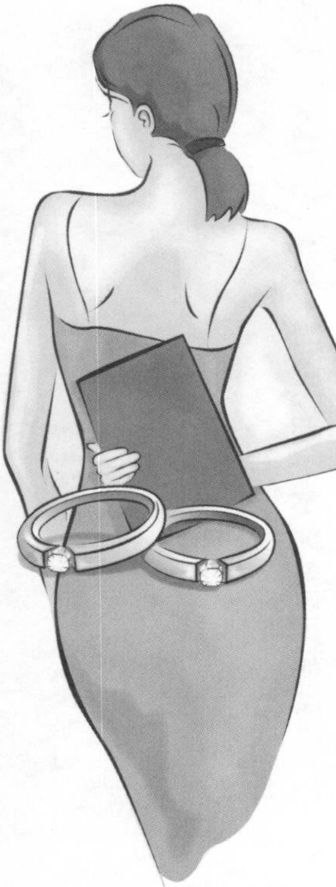

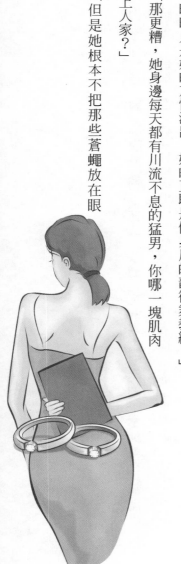

裡，我愛她，她也愛我。」

「別忘了你說過一對一的戀愛像是坐在法國餐廳裡吃套餐，還沒吃到主菜你就已經無聊得想打哈欠，就算對方已經從林青霞變成了沈殿霞，你爲了保持風度，也要耐住性子吃完甜點才能離場。」我試著用高傑自己講過的話來反擊，「相信我，愛絕對沒有這麼簡單。」

「但是奧莉薇卻讓愛變得這麼簡單，你知道嗎？昨天晚上是她的第一次。」

「那就告訴她你喝了這麼多酒，做了什麼自己根本不曉得，反正喝醉了，是什麼都可能發生，也什麼都可以忘掉的。」

「不，我不能這麼不負責任的對她，我已經決定了，」高傑激動得站起來，椅子翻倒在地上，「我要和她結婚。」

165 一夜情是逼婚的殺手鐧

性×性=性^2

一夜情也許讓生米煮成熟飯，卻不一定通往紅毯的另一端。

根據統計，經過一夜情認識而結婚的男女，一百對還找不到一對，機率只有百分之零點零幾。

一夜情聽起來很浪漫，卻沒有太多的幻想空間，它不過就是一夜的溫存而已。想要找到你的真命天子，你需要多一點的時間和空間，急就章的閃電戀情，通常也都會草草收場，一開始很浪漫，最後的結果卻都很無奈，你並不需要把自己的終生幸福當成賭注。

若是想藉由一夜情走向婚姻，你是在飛蛾撲火，挑戰人性的道德和禮義，你贏了，他和你結婚，不過是出於愧疚和責任感，你輸了，毫無所獲，平白印證了人性的黑暗面，為自己的青春蒙上一層灰。

愛也許可以經由性而得到圓滿，但是卻不能無中生有，把性作為一種手段，你最終得到的，也依然只有性。

一夜情ONS方塊書

男人問：「妳願意嫁給我嗎？」

女人很不好意思的回答：「都認識這麼久了為什麼現在才跟我求婚？」

男人說：「因為我膽小怕死啊……所以……」

女人聽了，噘著小嘴問：「那為什麼你現在敢跟我求婚了呢？」

男人回答：「因為根據數據統計……結了婚的男人比單身的還要長壽啊！」

一夜情是不開罰單的違規停車

這個禮拜氣象預報說颱風即將來臨，高傑和奧莉薇形影不離，兩個人高高興興的籌備婚禮。星期六早上，我到高傑家看看有什麼地方需要幫忙，不小心在他的床底下發現一條女用丁字褲，我用原子筆「吊」著證物，想要藉機糗高傑一番。

「不管你們再怎麼如膠似漆如火如荼，你也應該提醒一下奧莉薇，叫她把自己的內褲收好。」我說。

「那不是奧莉薇的。」高傑專心的翻閱裝潢雜誌，連頭也不抬一下。

「那麼……是誰的？」

「昨天晚上那個叫Judy還是Julia的吧！名字我不記得了，總之是One night stand 的對象。」高傑一面說一面按著計算機，換算著英呎和公尺。

我一把扯下他手中的雜誌，「你和奧莉薇還有兩個禮拜就要結婚了，你居然還帶別的女人回家？」

「這有什麼奇怪的？很多人在婚禮的前一晚都還跟別的女人上床！」

「但是……但是奧莉薇是你的眞愛！」

「不錯，她是我的眞愛，但是我仍會想和其他女人做愛。奧莉薇是陽光，但是我偶爾也需要雨水的滋潤；奧莉薇是月亮，但是我也會欣賞旁邊的幾顆星星；奧莉薇是玫瑰花，但是我仍然想摘一、兩朵路邊的雛菊，奧莉薇是棉花糖，但是我偶爾也想吃金莎。我愛奧莉薇的一切，但是這個世界卻不只有奧莉薇，還有一些東西是我想要追尋的，還有一些東西是我不能滿足的，還有一些東西是奧莉薇所沒有的，奧莉薇佔據了我的靈魂，所以我必須和其他人分享我的肉體……」

「夠了！不要再說了，你的觀念爲什麼總是這麼無恥？」我忍不住咆哮，不管是否整棟樓都聽得到。

一夜情是169

不開罰單的違規停車

「你有看過路邊的違規停車嗎？」高傑仍然保持平穩的語氣，「路邊的紅線、黃線早就畫得清清楚楚，但是還是有人亂停。也許是因爲方便，也許是因爲省時，也許是爲了省下停車場的費用，也許是因爲繞了半天找不到停車格，只要沒有被開罰單，你能說他們這麼做有什麼不對嗎？」

「當然不對，他們阻礙交通，他們貪圖方便，他們自私自利，他們根本枉顧全民福祉！」

「那是因爲你不是當事人，那些違規停車的人才不會這麼想。爲什麼我們做每件事情都要在意別人的眼光？爲什麼我不能只跟著自己的感覺走？爲什麼法律要規定得這麼嚴格？爲什麼傳統的束縛要如此沉重？不能超速，不能停在紅線，不能紅燈左轉，不能跨越雙黃線；不能有外遇，不能包二奶，不能一屋二妻，不能被捉姦在床……。你有沒有發現，即使有這麼多的不能，這麼多的違規，卻還是有這麼多人觸法，這就證明了這些規定根本不符合人性，我不是分不清事情的輕重緩急，我只是不想壓抑自己的劣根性，只要不被開罰單，我仍然是台北市的好市民，仍然是奧莉薇心目中的乖寶寶，一夜情沒有你想像的那麼嚴重，它只不過是不開罰單的違規停車。」

「你確定奧莉薇不會發現？」

「當然，我已經做好了萬全準備，昨天晚上我騙奧莉薇我要加班，其實是跑到PUB裡打獵，我把公司的電話轉接到手機，萬一奧莉薇打來我就跑到廁所裡接，告訴她我正在上大號，順便向她抱怨公司的廁所沒有衛生紙，妳不在我身邊我感覺好空虛。接著，我帶著剛認識的美眉回到家裡，最危險的地方就是最安全的地方，不用擔心在賓館刷卡的紀錄有一天會被發現，趁著對方洗澡的時候，我撥電話給奧莉薇，跟她說Honey，I love you，你先睡覺不要等我電話，我今晚非熬通宵不可。掛了電話以後，我就在自己的床上加班，隔天起來換掉所有的被單枕頭套，浴缸出水孔的頭髮一定要清掉，還要記得把用過的保險套丟進馬桶沖掉，隨時準備一盒新的放在抽屜，以免被她發現你盜用軍餉。九點鐘我準時到達奧莉薇家樓下，兩隻眼睛的黑輪證明自己昨天加班眞的很累，一見面先送上一個熱情的吻，讓她心裡的懷疑因子無處躲藏。你說，這麼天衣無縫的佈署，她怎麼可能發現任何蛛絲馬跡？」

「是啊，你做了萬全的準備，獨獨遺漏了床底下的內褲！」我諷刺的說。

「唉，」高傑一臉無奈，「以前可以光明正大的一夜情，以後都只能偷偷摸摸的進行了。」

「所以你必須把這個壞習慣完全戒除！」

高傑沒有回答，我轉頭看他，發現他正若有所思的微笑，彷彿在回想昨天晚上的情景。

「你會戒掉吧？」我嚴厲的問。

「我很想戒，但是經過了昨晚，我發現這樣反而有一種偷情的快感。」高傑小聲的回答，眼神閃閃發光。

家花哪有野花香

中國人有句至理名言：「妻不如妾，妾不如偷，偷不如偷不著。」偷來的東西是最難得的，因此也是最美好的。

一夜情是不開罰單的違規停車，所謂的不開罰單，前提是不被發現。征服、挑戰、偷吃、鑽漏洞、遊走法律邊緣……，這些行為總是給人們帶來一種莫名其妙的成就感，這種「我做了壞事也不會怎麼樣」的心態，讓人不自覺的把尾巴翹高，偷來的一夜情，嚐起來特別有味道。

而那些鑽愛情漏洞的人，他們通常都有同一個理由：「我又沒有傷害到其他人，為什麼不可以？」捫心自問，如果你真的沒有傷害到任何人，為什麼會害怕被人發現呢？再多的理由都只是自欺欺人，你無心傷害，卻已經造成傷害，你也許不會收到罰單，但你畢竟已經違規，也已經沒有資格說「愛」。

一夜情是 173
不開罰單的違規停車

一夜情ONS方塊書

一個男人娶了一個美麗的女人，新娘有一個孿生妹妹，和她長得幾乎一模一樣，結婚一年以後，丈夫到法院訴請離婚。

法官問男人為什麼要離婚，他回答道：「因為我太太的妹妹常常來我家來玩，我時常會搞錯而與她發生一夜情。」

法官皺著眉頭說：「聽起來這實在是很糟糕，不過她們兩個之間總有一些不同的地方吧！」

「是啊！正是因為如此，所以我才想要訴請離婚。」

一夜情是報復的核子彈

這個禮拜風和日麗，颱風轉向到沖繩去，台北的天氣暫時沒有危機。高傑和奧莉薇的婚禮定在下個禮拜天，然而奧莉薇卻好幾天沒有消息。

「她的電話轉到語音信箱，家裡的燈也好幾天沒亮，我去健身房找她，她的同事聽了我的名字後都說她正在忙。」高傑焦慮不安，懷疑奧莉薇可能正處在生理週期，所以才和他嘔氣，由於我是那家健身房的會員，高傑決定派我出馬，探探奧莉薇的口風。

我在上班時間請了半天假來到健身房，奧莉薇正在韻律教室裡熱歌勁舞，台下是一群滿身贅肉、手腳不協調的八爪章魚，我隔著玻璃向她揮手，她比了個手勢叫我等她。下了課後，奧莉薇一邊擦汗一邊走出教室，還沒等我開口，她搶先問我：「高傑到底是個什麼樣的人？」

高傑到底是個什麼樣的人？這個問題我從來沒有想過，高傑愛現愛秀愛耍帥，每一段戀情維持不到一分半，泡妞時眼睛尖銳得像雷達，到手之後馬上不聞不問變成一個絕緣體。提到一夜情他是專家，說明白就是專門騙人家，講到始亂終棄他是高手，簡單翻譯是高潮以後就分手，高傑是個什麼樣的人？老實說，他是個渾帳！……但是他也是我從小到大最要好的朋友，在高中聯考的時候曾經罩過我，沒有昨日的高傑，就不會有今日的我。

我清一清喉嚨，大聲向奧莉薇宣布：「高傑曾經當過童子軍，他綁的十字結又緊又牢靠，你應該看看他小學的獎狀，多的幾乎可以掛滿一面牆，他熱心公益，又博學多聞，絕對是個溫柔體貼、誠實可靠的好男人。」

「誠實可靠？」奧莉薇冷笑，「你說謊！你們那天在屋子裡吵架的時候我在門口正要按門鈴，你們講的話我全都聽到了！」

什……什麼？高傑不是才斬釘截鐵的說奧莉薇不可能發現的嗎？百密總有一疏，舉頭三尺有神明，高傑這回的簍子捅的可大了，我要趕緊替他修補才行。

「奧莉薇，你不要誤會，那一次純屬意外，是那個女的不要臉自己倒貼，高傑一時把持不住才會……，他平時絕不是那樣的人。」我刻意加點「不熟練的自然」，試圖讓自己的表情看起來眞誠。

「哼，我查過了。酒吧裡的Bartender告訴我，高傑不是個泛泛之輩，他對一夜情的態度像冬天的賓士鍋，曾經和三個Model在總統套房裡玩4P，無聊時連大他幾十歲的貴婦人都可以軋一下，騙人家他是BMW的小開，玩完之後連飯店錢都沒有付，花天酒地連自己的秘書都不放過，兩個人趁停電的時候在電梯裡加班，加完班隨即請她走路，他唯一對得起的女人是御便當，可惜人家的老公在美國，還是一家上市公司的副總裁。」

「男人風花雪月、逢場做戲本來就很平常，那些都是以前的事了，我保證高傑和你結婚以後，一定會放下屠刀，一心一意只對妳忠誠的。」

「忠誠？看樣子你比我還天眞！忠誠對高傑來說只是個沒有意義的笑話，像Hinet，每個月都要付費能上線，像Cable，選擇太多你不會只鎖定一台，像Garbage，打包好九點準時拿出門外，像Pizza，隨時都可以大卸八塊人手一塊，像Diet coke，氣泡消失以後就感覺無味，像KTV，熱門時段永遠要排隊等位，像ATM，存款提款的時間只有幾秒，像DHC，so charming so easy，還可以坐在家裡上網選購。你不用再騙我了，我明白高傑是一個怎麼樣的人，我是不會這麼輕易原諒他的！」

「你不要說氣話，高傑是真心愛妳的，只要你願意原諒他，要他做什麼都可以，你可以罰他睡客廳，兩個禮拜不准碰妳，也可以罰他跪計算機，但不能按出任何數字，可以命令他陪妳一起逛京華城，妳消費他刷卡，妳購物他來提，可以要求他買保險，兩千萬保障受益人是妳，也可以強迫他簽下切結書，全身上下的器官從此歸妳管，不管你要他怎麼樣都行，只要你肯原諒他就好。」

「我要的不是這些，這些都無法平衡我心裡受到

的傷害。」奧莉薇雙手微微顫抖，表情卻出奇的冷靜，她眼神空洞，嘴角逐漸浮現出詭譎的笑容，「要我原諒他可以，除非……除非我也和別人發生一夜情！」

奧莉薇的眼睛緩緩流露出殺氣，我想起小時候我媽曾經交代我「千萬不要得罪女人」，這句話原來是真的。

背叛愛情？

不少人坦承，自己的一夜情經驗是發生在情人吵架、夫妻失和的時候，以暴致暴，以其人之道還致其人之身，一夜情是報復的核子彈，威力強大，殺傷力十足，也因此雪上加霜，造成了更大的傷害。

背叛是可惡的，被背叛是傷心的，為了想讓對方也一嚐傷心的滋味而背叛他，你和他又有什麼兩樣呢？若是牆壁上出現了一個洞，你應該想辦法把洞補起來，而不是拿石頭砸出另一個一模一樣的洞。

利用一夜情來報復對方，他若是在乎你，他會傷心，他若是不在乎你，你傷害的只是自己，你賭的只是一口氣，卻用終生的幸福作為賭注，就算賭贏了，也沒什麼值得驕傲的。

一夜情ONS方塊書

一個男人的老婆跟人跑了，羞憤交加之際，他覺得生無可戀，準備到海邊自盡。就在他要往海裡縱身一跳時，神仙突然出現，看到他這麼可憐，於是送給了他三個願望。只是仙界有個新規定，凡是他所要求的，他的老婆必得他的兩倍。

男人想了想，向神仙提出了第一個願望，他說：「我要一幢有海景的豪華別墅！」

神仙言出必行，男人得了一幢別墅，他老婆得了兩幢。

接著，男人說出了他的第二個願望，「請把一億美元現鈔存進我的銀行戶口裡！」

不用說，男人得一億，他老婆得了兩倍。

最後，男人提出了他的第三個願望：「趁我這麼高興的時候，請把我嚇個半死！」

一夜情是分手的好理由

這個禮拜下了幾天雷陣雨，結婚喜帖已經發出去，新郎新娘的關係卻仍然處在最後通牒。高傑一再向我保證他會使奧莉薇回心轉意，要我安心準備做我的伴郎，然而一直到婚禮的前一天，我都還沒有看見奧莉薇的人影。

到了那個重要的日子，我一大早就跑到高傑家準備出發迎娶新娘，沒想到我一進門，卻看見高傑坐在地板上，雙眼無神的瞪著前方，四周是一片喝醉酒嘔吐過後的殘渣。

「她離開我了……她離開我了……」高傑眼睛佈滿血絲，一動也不動活像一具骷髏，只是一直念念有詞的重複這五個字。

我憐憫的望著高傑，如果不是因爲一夜情，他和奧莉薇的愛情也許會長長久久，奧莉薇會在每天睡覺前跳脫衣舞，高傑的漫漫長夜從此都可以在旋轉中度過，奧莉薇會體操會說笑話還會變魔術，高傑和她手牽手，再也不會知道什麼叫做寂寞；如果不是一夜情，他和奧莉薇會有個幸福的家庭，兒子長得像爸爸，女兒還沒滿月就已經會爬，兒子剛上幼稚園就有女生寫情書給他，女兒還在肚子裡，就已經有一大票人爭先恐後搶著指腹爲婚；如果不是一夜情，他和奧莉薇會是天生的一對，高傑經常把卡刷爆，奧莉薇知道哪一支基金可以買，高傑開車的技術很好，奧莉薇永遠搞不清楚信義路在仁愛路的哪一邊，高傑喜歡吃肉，奧莉薇負責吃菜，他們兩個人最喜歡吃的都是義大利麵，如果不是一夜情，他和奧莉薇會有一個浪漫的婚禮……

講到婚禮，我差點忘了還有個婚禮，牆上的鐘指著十一點，我塞給高傑一包衛生紙，自己連忙趕到會場告知來賓大勢已去。我抵達飯店時，賓客們已經陸續到場，我不顧死活的站上前面的舞台，用麥克風告訴大家新郎新娘今天請病假，大家吃完十二道菜後就請自行解散，來賓席上響起一陣噓聲，我看見了高爸爸高媽媽老邁而失望的臉。

從那一天起，高傑變得不一樣了，雖然我們舞照跳，酒照喝，但是我隱隱約約知道，高傑已經不一樣了。他看女人的眼光變得很挑剔，不是嫌人家醜就是嫌人家胖，嫌人家大腿粗、眼睛小、屁股下垂、胸部發育不全，甚至連穿高領這種理由都用過，算一算，他已經很久沒有……

「欸，你多久沒有那個了？」我問高傑。

他吞吞吐吐，面有難色，我驚覺到，他一定有某個地方出了問題。

在我的勸說下，高傑決定面對現實，去醫院做身體檢查，他在醫院門口遇到貴婦人，她戴著墨鏡和一頂黑色大禮帽，搞了半天她老公並不搞政治的，她被老公打得傷痕累累，差點送命，終於決定來醫院驗傷，並誓言要分到她老公一半的家產，高傑給了她幾張律師的名片後，順便繞到急診室去探望小甜甜護士，她的同事說小甜甜護士和精神科病患在太平間做愛時被院方發現，早在幾個禮拜前就被革職。

檢查的結果，醫生診斷高傑無法勃起，純粹是精神壓力過大，這是心理影響生理，吃再多威而剛也還是一朵枯萎的花。走出醫院的路上，高傑失魂落魄，沒有知覺，也感受不到心跳，他拖著沉重的步伐，走向他黯淡無光的未來，沿途每一個經過的護士，他看到的名牌上都寫著奧莉薇……

高傑變成了一個性無能，一個有過千人斬紀錄的性無能，一個曾經叱吒情場的性無能，一個從前把一夜情當成家常便飯的性無能，一個正處於狼虎之年的性無能……，高傑不再好色，不再多情，不再玩得起，他變得敏感、暴躁、非常容易自卑，一次在餐廳裡遇到E.T.美女，他以迅雷不及掩耳的速度用手掌遮住臉，生怕人家認出他來，冤家路窄，E.T.美女卻偏偏往他的方向走來，情急之下，高傑竟然慌張得把整個人鑽進桌子底下去。醫生說，這需要長時間治療，除非把心中的結解開，要不然可能一輩子都不會好，而高傑知道，那個能夠治癒他的天使，已經永遠與他擦肩而過了，離別之後，留下來的那一個永遠

比離開的那一個痛苦。

至於我，雖然得到了一些高傑的眞傳，但是我仍然是個好人，一個從來沒「那個」過的好人。

曇花一現的美麗

一夜情有著一見鍾情的美麗，它雖然不像戀人多年的感情那般刻骨銘心，卻有著曇花一現的悸動，一夜情，畢竟是有它吸引人之處，也難怪時下的許多人趨之若鶩。

只要做好安全措施，自己承擔得起責任，一夜情有何不可？只是，任何遊戲都需要入場的門票，只有單身的人，才有資格進入一夜情的遊樂場。

一夜情固然美麗，卻不值得為它拋棄一段珍貴的感情，甚至是家庭，男女之間，除了感覺、感情，還有更多的道義、恩情，一夜情終究只能燦爛一夜，過了這一夜，留下來的是灰飛湮滅。

多情應笑我，世界上還有許多比一夜情更值得追求的感情。

一夜情ONS方塊書

小獅子問母獅子說：「媽媽，幸福在哪裡？」

母獅子回答：「幸福就在你的尾巴上。」

小獅子聽了媽媽的話，為了尋找他的幸福，於是不停的追著自己的尾巴跑，卻怎麼追也追不到。

小獅子跑得筋疲力盡，又去問母獅子：「媽媽，你說幸福在我的尾巴上，但是為什麼我怎麼找也找不到呢？」

母獅子慈愛的笑了，他說：「傻孩子，幸福是不必刻意去追尋的，只要你不停的往前走，它自然就會跟著你。」

葉子好書推薦

戀愛蹺蹺板

戀愛就像在玩蹺蹺板，兩個人恰恰好
三個人永遠分不平，玩久了覺得無聊，退出後又想再加入
永遠一人在上一人在下
達到平衡時還不見得有趣呢！

亦旭◎著

近期出版・敬請期待

廣	告	回	信
臺灣北區郵政管理局登記證			
北	台 字	第 8719	號
免	貼	郵	票

106-□□

台北市新生南路3段88號5樓之6

揚智文化事業股份有限公司　　收

□□□-□□

地址：　　市縣　　鄉鎮市區　　路街　段　巷　弄　號　樓

姓名：

葉子

Leaves Publishing

書號 L3102　　書名 性福試用包

葉子出版股份有限公司

讀·者·回·函

感謝您購買本公司出版的書籍。
爲了更接近讀者的想法，出版您想閱讀的書籍，在此需要勞駕您詳細爲我們塡寫回函，您的一份心力，將使我們更加努力！！

1. 姓名：__________
2. E-mail：__________
3. 性別：□ 男 □ 女
4. 生日：西元____年____月____日
5. 教育程度：□ 高中及以下 □ 專科及大學 □ 研究所及以上
6. 職業別：□ 學生 □ 服務業 □ 軍警公教 □ 資訊及傳播業 □ 金融業 □ 製造業 □ 家庭主婦 □ 其他____
7. 購書方式：□ 書店 □ 量販店 □ 網路 □ 郵購 □書展 □ 其他____
8. 購買原因：□ 對書籍感興趣 □ 生活或工作需要 □ 其他____
9. 如何得知此出版訊息：□ 媒體____ □ 書訊 □ 逛書店 □ 其他____
10. 書籍編排：□ 專業水準 □ 賞心悅目 □ 設計普通 □ 有待加強
11. 書籍封面：□ 非常出色 □ 平凡普通 □ 毫不起眼
12. 您的意見：____________________

____
13. 您希望本公司出版何種書籍：____________________

☆塡寫完畢後，可直接寄回（免貼郵票）。
我們將不定期寄發新書資訊，並優先通知您
其他優惠活動，再次感謝您！！

葉子

菓子

葉子

Leaves Publishing

根

以讀者爲其根本

莖

用生活來做支撐

葉

引發思考或功用

果

獲取效益或趣味

菓子